LA VIDA FUE HACE MUCHO

MARITA
LOPERA

LA VIDA FUE HACE MUCHO

LA NAVAJA SUIZA

Primera edición: mayo, 2024

Ilustración de cubierta: Patricia Cruz (LaPatry Cruz)
Ilustraciones interiores: Marita Lopera

Publicado por La Navaja Suiza Editores
Editorial Humbert Humbert, S. L.
Camino viejo del cura 144, 1.º B, 28055 – MADRID
http://www.lanavajasuizaeditores.com

Impresión: Kadmos, S. C. L.
Impreso en España – Printed in Spain
ISBN: 978-84-10234-03-1
Depósito legal: M-3678-2024
Thema: FBA

ÍNDICE

Sentí alivio al deshacerme de todo,
y en cierto modo reemplacé así las lágrimas.
El país de las últimas cosas. Paul Auster

Si muere un pájaro, cae.
Si se trata de un hombre,
pasa a mejor vida.
Pero un pez,
cuando muere, «asciende».
Soy gato. Natsume Sōseki.

ENSENADA

Son casi las seis y aún no pesco nada. Llevo una hora intentando trolear. Hay poca brisa. Para que pinchen la carnada el anzuelo debe ir moviéndose, como si de verdad un pequeño pez nadara cerca de la superficie. Tres o cuatro nudos habrían estado bien para crear la ilusión, pero no tengo suerte. La vela está deshinchada y el bote no se mueve, solo flota.

El hambre apremia. A las siete me pongo a fondear. Tengo un arpón de mano. Me resulta menos cruel arponear frente a frente a una criatura marina para comérmela que lanzarle un disparo neumático sin tino y dañar el coral. El Capi solía echar una red de arrastre para sacar lo que fuera. Solo le importaba el hambre. Lo consumía. Yo también la siento, pero me lleno con poco. A pulmón libre me parece más justa la faena. Cuando aparece un pez solo se tienen dos opciones: o uno se siente ahogar porque ya lleva tiempo aguantando la respiración o se revienta hasta atraparlo. No hay muchas oportunidades. Se trata de medirse contra el coloso del miedo y ver quién sale a flote.

Cuando fondeo en busca de una centolla, un jurel o una agujeta, que por estos días son tesoros marinos, recojo toda la basura que me encuentro en la zona de inmersión. Hace unos diez años podía recoger el desperdicio humano que veía donde estaba buceando. Hoy no. Nunca logro recogerlo todo. Me consuelo cuando hay poca visibilidad y no alcanzo a distinguir formas a más de dos o tres metros. Soy incapaz de limpiar esas pequeñas áreas turbias de suelo marino. Le digo a la madre oceánica que procuré ser fiel al trato de sacarle la basura a cambio de que no me deje morir de hambre. Hace años hicimos ese pacto. Pero ni ella ni yo lo hemos cumplido del todo.

Hacia las ocho de la mañana aparece una cherna cabrilla. Es demasiado joven. Podría haber sido un pez enorme en pocos años. Me da pesar, pero mi estómago no da más espera: llevo ayunando treinta y seis horas. Si sumo el esfuerzo de antenoche, ayer toda la tarde y el de esta madrugada dedicado a pescar algo que no esté al borde de extinguirse, voy a morir de inanición. Hace diez años hubiera dicho que moriría de hambre, pero el científico me enseñó a hablar bien. A pensar en cada palabra. Cuestiones de proporción y significado. No es lo mismo tener la sensación de querer comer y saciar una necesidad pasajera, que experimentar la debilidad extrema de la falta de alimento. Como sea. No hay subiendas ni abundancia. Si no como algo, seré un esqueleto en un bote frente a la costa. El dolor en la boca del estómago me punza hasta la garganta. Entonces ensarto la cherna en uno de sus lunares rojos.

En el forcejeo, un pedacito de piel debajo de su aleta delantera se rasga en forma alargada. La tira serpentea con las burbujas que boto mientras nado hacia arriba. Bailotea como si celebrara que alguien la estuviera sacando de esa casa cada vez menos suya, de esas aguas turbias y estériles. Pobre. Abordo y me deshago del equipo. Me pongo a arreglar el pescado en la popa. Un pie en la caña por si me toca timonear. Con este viento de ahora nunca se sabe.

Raspo las escamas. Cuando apenas se saca del agua al animal, sus escamas son todavía flexibles, a mí no me molestan mucho. No lo hago de modo exhaustivo, solo las más grandes de los dorsos. Quito las agallas, abro la panza: ahí está, un pedacito azul de plástico. Siempre una miga verde, blanca, azul, amarilla. Nunca materia fecal de algas, plancton o alevinos, nunca una masa terrosa de mierda real de la que tendría que estar llena la panza de un pez.

La contemplo: hoy en día es difícil encontrar chernas. Algunos les dicen meros. Meros porque son grandes. Trescientos kilos. La mía no tiene una libra siquiera y así sea pequeña hay que limpiarla, esculcarle las entrañas. La operación no podrá ser tan meticulosa como para quitarle los plásticos que comió intentando sobrevivir. Solo los visibles. Los que ya hacen parte de la capa de grasa de su piel me los voy a tragar. A este plato no le caben mis escrúpulos y no pienso en ello sino ahora. La parto en sentido longitudinal para que quede como una mariposa abierta y la frito en mi aceite de coco.

El aceite lleva su proceso, como todas las cosas que se hacen en consecuencia con su propia naturaleza. Hay que tener una buena cantidad de cocos para obtener unos mililitros, pero vale la pena. Suelo guardar el agua de los cocos y rallar un montón de pulpas. Solo esta labor me toma medio día a mi ritmo. Una leche bien cargada se obtiene si se cuela y se cuela muchas veces la ralladura. Luego la dejo en reposo hasta que cuaje. Cuando hay afán se le puede echar un poquito de limón para cortarla. Igual, prefiero al ritmo mío y al de las cosas: la dejo ahí como si meditara. Se pone al fuego por un largo rato hasta que se evapora el agua y va quedando el aceite. Es delicioso. Se impregna en el bote el olor a coquera, a cáscara de coco, a cocada. La paila caliente, el plato, un poco de café, alisto mi banquete.

A este pescado le dicen la gallina de mar por su sabor. Es tan rico que basta con echarle sal; me habría gustado acompañarlo con un plátano o una yuca. Prendo el radio del bote, a veces logro sintonizar alguna emisora del continente. El locutor promete un clásico: *Nuestra última cita,* de Ibrahim Ferrer. Un deleite de melancolía. Siento culpa al pensar en mi cherna, mi pacto marino cada día más roto y esta hambre que no pasa con un diluvio de ostras. Quiero bailar, así sea con el mástil, para celebrar que pesqué y que hoy tengo comida. Bailar solo para resistir a la velocidad de atragantarme. Una rebelión simbólica. Además, ese bolero era de los que cantaban don Isma y el científico. Me parece verlos. Interfiere otra señal y me salgo del recuerdo para comer al fin. Quiero embutirme el plato en un par de mordiscos, pero hago la pausa de las «gracias» a mi madre oceánica. La pienso, la mimo con palabras bonitas, le ofrendo los corales que sembré en mi mente y espero a que me llegue la calma necesaria para masticar cada bocado sin tragármelos como un ser irracional.

No sé cuándo vuelva a alimentarme de pescado. Si no me gozo este instante, temo olvidar lo que significa comerse a un ser vivo que no sea uno mismo. La piel está crocante, hay una sutil capa de grasa en cada borde, plena de sabor, de sal marina; pese a que mastico lento, engullir me duele. Cada bolo es una pepa de mamoncillo dura, atragantada en el trayecto. Baja con poca voluntad obligando al pecho a abrirse para darle paso. Cada vez como menos. Hay poca comida. Es por eso. Termino y la punzada sigue en la boca de mi estómago. Detrás del esternón, un nudo.

La mareta comenzará a sentirse golpear en una hora y media, e incrementará en otras dos horas hasta que todo esté oscuro. Me quedo en silencio intentando mantener dentro de mí a la chernita. Hago la asana del héroe que es buena para el malestar en la barriga. Me concentro en respirar, pero el dolor sigue y sigue hasta volverse una mueca de asco en mi cara. Salivación excesiva al fondo de la mandíbula; un primer espasmo inofensivo, otro más fuerte. Contengo la arcada, dos, tres veces, hasta que el fluido es incontenible y regresa a mi boca. No me doblego. Me lo trago como una vaca, hago de cuenta que soy un rumiante que muge de rabia por el esfuerzo de los días dedicados a pescar y a pensar en comer algo delicioso. Trago otra vez, con fuerza, con obstinación; una bilis amarga me queda en la boca, el tracto malherido, un gusto de los mil demonios.

Ya no puedo digerir cactus como antes y pretender que no pasa nada. Mantengo la postura, yergo la columna, sigo. Me concentro en respirar al ritmo del mar. Imagino que inhalamos a la par. Sus exhalaciones son cada vez más agitadas, las mías, lentas. Busco curar con aire el dolor del reflujo. El traqueteo de los tiestos de mi bote se confunde con el de mis intestinos, y así, meciéndome despacio, en medio de todos los ruidos, los suaves, los agudos, los chloc, chloc esporádicos que hace el agua cuando golpea los costados del bote, me voy yendo en la calma hasta que las piernas se me encalambran, las pierdo, las olvido, me pierdo.

***

Mi recorrido del golfo empezó hace más de diez años. Los primeros cinco con el científico. Los otros cinco, sin él, evadiendo regresar a cabo Tiburón. Fue el segundo viaje que hice a esas aguas perfectas, coralinas, pero de las que no pude sino desertar después de lo que pasó en el arrecife. En esa ocasión, bordeando los veintiséis, solo levé el ancla del barco, viré hacia el sur y abandoné el norte. Lo perdí. Quedé a la deriva. Al vaivén. Qué más forma de escabullirse que no tener una ruta. Desde entonces, navegué por el borde occidental del golfo sin cálculos en un mapa, entre la punta Caribana y bahía Colombia. Si mucho llegaba a San Juan. Algunas veces me aventuré a regresar al costado oriental, pero solo hasta las bocas del río en El Roto. Subía a la punta Yerbasal. Pero de ahí no pasaba. Estuve observando el detrimento de las riberas de manglar. El litoral erosionado. La entropía irrevocable.

Recolecté datos y envié informes como el científico me enseñó. Creí que si mantenía viva su relación con el instituto, las recomendaciones para la protección del manglar serían un hecho. Era evidente que se tendría que hacer algo por ellos antes de que la situación empeorara: la mayor parte de los mangles de punta Las vacas y punta Yarumal estaban ancianos. No se reproducían. En ambas riberas del golfo los talaron. El helecho matatigre invadió las zonas. A otros los atacó el bivalvo perforador de madera. Se los comieron por dentro hasta que el fuste de los árboles colapsó. De pronto, me encontraba por ahí con mangles caídos, mutilados. Hubo muchos a los que les salieron agallas. Cuando las veía pensaba en cuánto querrían convertirse en peces, como yo.

Los manglares solían ser la característica del golfo. En vez de corales, este rincón de costa Caribe estaba amurallado por barreras de manglar, un lindero vivo que se extendía en largos trayectos del litoral. Dibujé incontables veces sus hojas y tallos. Al principio me quedaban horribles, pero el científico me enseñó a observar cada detalle en el microscopio, pasarlos pacientemente a la hoja en blanco y luego pintarlos con aguadas de acuarela. Las ilustraciones se enviaban con las muestras. Los manglares estaban mejor conservados en el papel que en las costas a pesar de que eran los cuidadores de las criaturas recién eclosionadas o paridas. Ahora muchos estaban enfermos y ancianos. Y a una buena cantidad de los que prosperaban saludables, protegidos en la reserva, los aniquiló el fuego.

Al final de mi primer año navegando sin el científico, se quemaron más de cuatro mil hectáreas de bosque en la ensenada de Rionegro. La misma ensenada donde años atrás él me dio las primeras lecciones de botánica marina. Para él era un espectáculo viviente. Para mí también. Siquiera no tuvo que estar ahí cuando sobrevino la destrucción. No habría soportado ver el daño.

El incendio fue descomunal. Llegó hasta el mangle de humo que vive en las riberas de la costa. Esos mangles son criaturas increíbles para soportar la salinidad. Muy pocas especies vegetales del planeta pueden vivir en las aguas marinas. Pero la gente de por aquí no sabe esas cosas. Cuando los pillaba quemando tallos en la playa les preguntaba si sabían que los mangles eran árboles excepcionales. ¿Excepcionales? ¿Y eso qué es? Respondían y me miraban extrañados. Dan buen carbón, será por eso, me decían.

Ignoran que un árbol de mangle excreta la sal a través de glándulas, que sudan como nosotros, que las hojas tienen una cutícula que aísla el agua dulce dentro del árbol. No sé si tuve suerte de que el científico me embutiera de datos de los manglares y de seres vivos que pronto no estarían más. Al principio creí que sí, que saber era como despertar. Luego sentí que era una indigestión. Un tumor. Algo que debería extirpar. Para mí era evidente que si no fuera por esos árboles, el mar se le habría tragado las casas a mucha gente: no podrían vivir ni en palafitos, los palos no soportarían la embestida del mar, ¿por qué las personas no sabían eso? El mangle del golfo se agarraba del suelo costero con raíces aéreas que los hacían parecer caminantes. Amarraban el terreno. Atrapaban oxígeno. A veces me parecía que bailaban entre las olas cuando llegaba la mareta. Danzaban estáticos para proteger las costas de la erosión. El científico hablaba de ellos así, con ilusión, con belleza. Los trataba como a individuos. La sensación de querer vomitar lo que me había enseñado, me atacó cuando casi todo el manglar de la ensenada se quemó a pesar de estar en el agua.

El incendio arrasó con ellos, así como con los árboles de roble, los cedros y los caracolíes. Eran árboles enormes y solitarios. Todavía se les ve por ahí dispersos arropando al ganado en las sabanas. También se quemaron los cativos que crecían detrás de las barreras de mangle. Seguro había panales en ellos porque a las abejas de la orquídea les gusta la resina del cativo. Es fina y dúctil. Quién sabe cuántas colmenas desaparecieron en la quemazón. Las abejas no interesaron en las estadísticas. Los suanes también estaban ahí para darle sombra al mundo y, como las ceibas, se quemaron. Los helechos, los platanillos, las palmas, todos ardieron. El sande y su leche para curar la gastritis. Las lianas por las que los monos y los perezosos deambulaban en su bosque de copa. Los árboles del pan. Todos perecieron en el fuego.

Dicen que fue un finquero que necesitaba abrir trocha. Un presunto responsable fue lo único que dijeron las autoridades. Nada más. Aun si el hombre pagara una multa o una condena, el bosque no se va a recuperar ni en cincuenta ni en cien años. Lloré mientras veía desde el mar cómo el fuego se alzaba sobre la ensenada. Había cadáveres de venados de cola blanca, babillas, guaguas, chigüiros, micos, hicoteas, esparcidos, agonizando por ahí. Nidos, insectos, madrigueras. No hubo salvación para ninguno.

Casi no dormí en los diecinueve días que duró el incendio. Me levantaba y me ponía en la proa a gritar. En una de mis pesadillas de esas noches, una danta en llamas corría hacia mí, pero un tigrillo le saltaba encima y ambos rodaban por una pendiente muy oscura. El tigrillo intentaba agarrarse de la peña donde yo estaba y no podía, luego el humo lo asfixiaba de pronto. En el eco del bosque solo se oían aullidos de pánico. Eso no tuve que soñarlo.

Con los bomberos de los municipios grandes, el ejército, la gente de las inmediaciones de la ciénaga de Marimonda, Perro Pipón y los que nos quisimos sumar intentamos rescatar a los animales. Nos envolvimos en sábanas mojadas que algunos vecinos donaron. Eso nos ayudó a resistir. Me encontré una guartinaja intentando treparse a un guarumo, pero la copa del árbol ardía en llamas. Fui hacia ella para sacarla de ahí. Cuando logré zafarle las garras adheridas al tronco vi que tenía todo el vientre incinerado. La quemadura era tan grande y profunda que las vísceras ya habían empezado a salirse. Tenía los ojos volados, sentí que me miró, a mí, como un sujeto mira a otro, una entidad, un ser con conciencia absoluta de lo que pasaba. Entonces agarré una piedra. Era una piedra grande. El peso fantasmal de muchas piedras que tuve que usar esos días se quedó en mis manos.

No hubo nada que pudiéramos hacer por la mayoría de animales. Yo mato para sobrevivir, por eso tengo un pacto con el mar y lo honro. Qué importa que mis esfuerzos sean ridículos. Pero esta vez maté y maté animales porque no había nada más qué hacer por ellos. No murieron ni siquiera para ser alimento. Solo pude llorar. Gritar. Matarlos sin contemplaciones, sin una oración de gratitud.

***

Son las nueve de la mañana y, a diferencia de ayer, no logro pescar. Perdí toda la carnada en el intento. A las siete el agua estaba turbia. Para qué fondear así. Hay días en que las corrientes se llevan la oscuridad de las plumas del río y frente a los manglares de la bahía se alcanza a tener un panorama submarino precioso. Aunque el agua es verdosa, se pueden ver peces grandes buscando comida entre las raíces que conforman la ribera. Sables, sobre todo, porque les gustan los camarones y las anchoítas que abundan entre el manglar. Pero hoy no. Todo está turbio.

Las aguas que desembocan del continente casi siempre están confinadas en el golfo. A finales del año, los vientos alisios no dejan que el agua dulce salga mar afuera. Por eso es tan turbio aquí. Además, los ríos descargan muchos sedimentos. Se podría decir que el golfo es como un estuario gigante que da origen a las serranías del Baudó y del Darién, pero la gente no lo ve así. Creen que las montañas escarban la costa hasta hundirse en el agua. Una línea continua desde la cima hasta el fondo marino. Y no, es al contrario. Las montañas salen del mar, de las placas que se aprietan entre sí, se sofocan al punto de subsumir el piso oceánico debajo del continente hasta levantarlo. Fuerzas que se oponen para dar lugar a un relieve. Un territorio. Todos venimos del agua. La gente, la tierra, los vientos, el clima. Todos.

Me siento en la aleta de estribor a tratar de leer el tiempo. Tal vez en un rato mejore la visibilidad. Me pongo a respirar bien despacio para adaptarme a las apneas que haré. Ya no expulso todo el aire como hacía antes con el científico para durar más tiempo bajo el agua. Sé que se trata de una artimaña escabrosa, mortal. Hago varias respiraciones. Ahí está el hambre. Es la primera reacción de mi organismo cuando empiezo a mover el diafragma, ensanchándolo, estirando las costillas. Siempre el hambre es lo primero. Truena dentro de mí. El paso más difícil es olvidar que tengo la barriga llena de ácidos ansiosos.

La siguiente reacción mientras inhalo es como una alergia al ruido. Un leve embotamiento. Hasta los sonidos más tenues se vuelven audibles. El aleteo de las fregatas, el viento en la vela, las chalupas a motor a lo lejos, mis tripas con sus reclamos. Ruidos que obnubilan. Con cada sonido viene a mi mente un pensamiento estúpido, una bagatela que quisiera tener, una conversación que pasó hace mucho y deseo repetir para cambiar las cosas que dije. En unas cuantas respiraciones más el hambre se habrá ido. Es el punto en que tengo la suerte de caer en el duermevela de la meditación. Ahora sí: inhalo mucho más profundo y me lanzo al agua.

El choque de la temperatura es brutal. El cuerpo se me descompone, más que por entrar al agua, por salir del letargo. Sin este ejercicio de adaptación quizá no duraría mucho en el fondo. Aprovecho la violencia del impacto para llegar a unos seis o siete metros y mantenerme ahí, con todo el cuerpo alerta. Abajo siento otras temperaturas. Son frías. Traen consigo una historia lejana. Seguro son corrientes de mar de fondo que vienen del océano y alcanzan a penetrar las mareas superficiales del golfo, siempre tibias. Llegan hasta la bahía y se devuelven por debajo hacia el norte. Buscan salir de las aguas encerradas. Si lo pudiera ver desde arriba, el golfo tendría la forma de un cuenco, estrecho y profundo, que se va abriendo mientras derrama agua dulce de río al mar Caribe.

Las mareas no se llevan demasiado con ellas. Casi todos los sedimentos que traen los ríos se quedan en la bahía. Hacia el litoral, donde están los pocos manglares que quedan, hay unos veinte o treinta metros de limo y arcilla acumulados; hacia el centro de la bahía son apenas tres o cuatro metros de fango. Nunca podré conocer el verdadero suelo que hay debajo del lodo. Cuánto me gustaría tantear si es más quebrado, con canales y grietas profundas. Saber si alguna vez hubo corales, si los depredadores amedrentaban a los humanos escondiéndose en el relieve salvaje. Pero es imposible: en el fondo de un pantanero solo prosperan gusanos. Sostengo el aire, persisto, miro en todas direcciones y, pese a que mermó la turbidez, no veo presa. No hay nada para pescar.

Los pescadores artesanales se quejan de lo mismo. Dicen que antes salían de faena temprano y el mismo día regresaban con suficiente pescado: zafraná, corvina, robalito, sábalo, de todo. Pero algunos, sin importarles si estaban barriendo con el futuro, se pusieron a pescar con mallas chichigüeras, trasmallos de dos pulgadas y hasta menos. A duras penas sacaban cojinúas chiquiticas dizque por dar de comer a sus hijos. Pura mierda. Entre ellos y la pesca de arrastre, en solo diez años, acabaron con la variedad que había. Ahora calan una malla aquí, allá, y si sacan una o dos libras de camarón blanco es mucho. Los de las asociaciones andan desesperados consiguiendo tierras para cultivar peces. Qué gracia. En eso no hay mística.

Emerjo. Me bajo la careta al cuello para poder pensar. Tal vez si me voy ya hasta Nueva Colonia pueda rebuscar algo de plata o comida. Ariel podría recibirme una acuarela. Nuestros trueques suelen dar buen resultado. Si una pinturita le gusta, me dará arroz o pan. Quién sabe si le agraden mis retratos de niños entre paisajes costeros porque las ilustraciones de plantas o de corales que me enseñó a hacer el científico solo le interesaban a él. La otra alternativa es moverme hasta bocas de Suriquí, allá todavía se pueden sacar peces adultos. El problema es que hay poco viento, me demoraría una eternidad en llegar. No debería quejarme. Dentro de poco no podré permanecer en la bahía, a todos nos desplazarán o nos prohibirán navegar en este sector del golfo advirtiéndonos el peligro de que un buque de doscientos metros de eslora nos embista. El puerto es el nuevo monstruo que emergerá del pantano.

No sé qué decidir. No me inclino por ninguna opción. Sigo rogando por el milagro de un pez adulto. Sobrevivir por mis propios medios se me ha vuelto una pugna entre ayunar y mi supuesta autosuficiencia. Muchas veces gana lo primero. La autonomía se hace cada vez más utópica. Un desastre. Así yo no me dedique a la pesca, me pasa lo mismo que a los pescadores: no encuentro, no hay, se acabaron, se fueron, hay plaga de esterilidad, le robamos el útero a la madre. La mayoría no se da cuenta porque tienen plata para comprar pollo, carne de res, cerdo. Así sean apenas unos jornales, la gente se tranquiliza con la certeza de que va a la plaza y compra lo que alcance, que ahí está la tienda, el fiado, que el mercado no se va a desabastecer nunca. ¿De dónde salen las lentejas, el arroz, los fríjoles? De una fábrica, responderán muchos. Tienen instalada en la mente la imagen de una empacadora industrial, como si el banano y el plátano también hubieran salido de las bodegas o crecieran en un contenedor.

Esta segunda inmersión la hago agarrándome de la línea del ancla para bajar un poco más. Me despego al llegar cerca al fondo e intento moverme con el mínimo de energía para no consumir mucho oxígeno. Aguanto. Una burbuja se escapa, es el principio del fracaso. Tengo que salir y calmarme de nuevo, volver al ritmo lento de la inhalación profunda. Esta vez no hice una buena descompresión, me duele el oído izquierdo. Oído torpe. Bajo unos tres metros para mitigar el dolor debajo de la articulación de mi mandíbula y apenas se equilibra la presión en mi cabeza vuelvo a pensar en qué hacer. Pronto será mediodía. Me quedo un rato flotando. Abro los brazos para que el cansancio de la jornada me abandone. Pero, en vez de eso, me abraza. Tengo flotabilidad positiva, no me hundo. Una lástima.

***

Durante el incendio, en el transcurso del penúltimo día de labores en la ensenada, me quemé el muslo. Una herida profunda. No recordaba el momento exacto en que me herí de semejante modo. Solo sé que el dolor me llegó en la tarde cuando nadé hacia el balandro y sentí la sal comiéndose una parte del músculo. Me pareció extraño que, aunque ya me había hecho la herida, comenzara a existir solo cuando entré al agua. Ahí adquirió su verdadera magnitud dolorosa y ahí también, con el tiempo, alcanzó el silencio de las cicatrices.

Tengo memoria de que, al abordar, el afán por saber qué me dolía tanto me hizo arrancar el mocho de la pierna. La tela se pegó a la piel. Una ampolla suele formarse para proteger el tejido herido, se crea una membrana transparente muy delicada. Cuando uno se quema debe cuidarla mucho las primeras horas: es la reacción del cuerpo intentando retener la proteína de las células muertas. Cuando intuí que desde el muslo un tejido se había adherido a la tela, tomé aire y me bajé el pantalón sin piedad. Gruñí. Bramé. Mugí como las bestias a las que tuve que oír morir a diario.

Dos días después de quemarme, cuando el incendio fue controlado, los bomberos me regalaron unos ungüentos de yodo y sulfaplata para la herida, gasas, alcohol. También incluyeron una libra de arroz, aceite de palma, zanahorias, tomates y café. Me entregaron unos billetes enrollados y me dijeron que, a pesar de no ser mucho, querían darme las gracias. Recíbanos esto de buena fe, usted nos enseñó cosas de estas plantas que ni nosotros sabíamos. Se los agradecí porque ese gesto de compasión me animó a zarpar. Así se decidía mi rumbo por esos días: una masa de nubes grises, una supuesta subienda en tal desembocadura, recordar que faltó una muestra o, como esta vez, una quemadura punzante. Ángulos azarosos en el mapa de navegación. Rutas aleatorias.

A dónde más habría podido ir sino a Titumate. El viejo Ismael Carrascal y su esposa, doña Nimia, me recibirían bien, tal como solían hacerlo años atrás cuando iba con el científico a visitarlos. La devastación del incendio me molió. No sé por qué una porción de mi soledad se me hizo tan insoportable: me habría gustado no tener que hablarle a nadie ni pedir ayuda, pero tampoco podía velar por mí: me ardía la herida de un modo espantoso y el cansancio me estaba matando. El cansancio, el ardor, pero más que eso, la tristeza. La rabia. El fuego. La culpa. Tuve que buscar refugio.

Salí a las cinco de la mañana hacia Titumate. Tracé una sencilla ruta desde la boca de la ensenada de Rionegro hacia el suroeste. Era como cruzar un río de ribera a ribera, pero en diagonal. Esta línea me pareció el trazo de una caída en el mapa, un ir hacia abajo, rumbo al fondo con el lastre de los días pasados. Los vientos casi siempre soplaban desde el norte por esta época, hacían que la navegación fuera constante. Recibí las corrientes a sotavento sobre babor y no fue preciso hacer muchas maniobras con la vela. Solo la caña, algunos ajustes en la dirección de la proa aquí o allá. La suerte del viento me caía como alivio al dolor físico. Un dolor que aumentaría en magnitud días después: las quemaduras son peores con el tiempo.

La ruta me tomó el día entero porque aproveché la hondura de la parte central del golfo para pescar. No lo hice por mí, tras el incendio no quería comer animales. No tenía tripas para tanto. Necesitaba un presente para el viejo Isma y su señora. En esta parte del golfo se corría peligro. Ahí solían pescar los vikingos y no quería encontrarme con un barco de esos. Tampoco habría tenido valor para evitar que un buque me embistiera. Me pregunté si seguirían vivos los viejos. Confié en que sí y decidí hacer el envite. Cómo me iba a aparecer en su casa con las manos vacías. Puse el anzuelo de profundidad y me recosté en la proa de cara al dolor y a las nubes.

Atrapé un pargo adulto. Los pargos eran cada vez más escasos. Sentí gratitud. Una sensación que se me había opacado. Seguro fue el odio que viví durante el incendio. Poder llegar a Titumate con comida me despertó de ese letargo de furia.

El viejo salió a recibirme y me subió el ánimo verlo tan saludable. Contámelo todo, Alea, hace cuánto no te veo, qué hay del científico, ¿por qué no venís con él? Ay, bendito el de arriba, qué te pasó en esa pierna y me agarró del brazo cuando una ola grande nos golpeó en las rodillas.

Solo le hablé del incendio y nada más. Me contó que los pescadores habían visto el humo desde las lanchas. El cielo gris. La noche de color rojizo. Vení, a la vieja le debe quedar sancochito, vos como que no has estado comiendo bien, a ver, decime si hay que machacarte unas yerbitas, mostrá, sí, las manos de la vieja te van a sanar. Y tras una mirada obstinada a mi pierna, caminamos bien despacio para que los vecinos vieran que llevaba colgado el pargo como un trofeo. Ve, cómo te estás embobando vos, me dijo cuando le entregué el rollito de billetes que me dieron los bomberos. Recíbamelos, don Isma, usted sabe que lo hago para compartir. Sonrió. El científico me enseñó a darles cariño con detalles simples a ese par de viejos, una lección que yo no sabía cómo practicar con otras personas.

Los pocos seres que quise ya no estaban. Don Isma y doña Nimia eran los únicos que me quedaban en ese momento. Me pregunté si tendría el ánimo suficiente para hablar con ellos no solo del desastre de la ensenada, sino de lo que tuve que hacer un año atrás en cabo Tiburón. Quería contarles todo. Pero no tuve las fuerzas. Ya era un año sin hablar. Un año en el que asumí las responsabilidades del científico para que no se notara que se había ido. Me conformé con paliar mi cansancio e intentar sanar la herida. Con eso bastaría por lo pronto.

Cuando la vieja me dio aguapanela caliente me puse a llorar otra vez, no podía parar. El calor de sus manos, la compañía, el fogón, no sé, su gentileza, me rompieron. Mi tristeza brotó en explicaciones de lo que sucedería con el manglar, con el bosque arruinado para siempre, la pérdida de vigor en la vegetación, la sedimentación del agua, la merma en la variedad de animales. Quejas. Proyecciones pesimistas. Maldiciones a la especie humana. Datos y palabras complejas que no significaban nada. Qué sentido tenían para ellos. Fue el científico el que me enseñó esta lengua estúpida, esta manera de inventariar daños y desastres. La vieja me agarró de los hombros preocupada por mis lamentos y me dijo que no llorara más, que la naturaleza siempre se abría paso. Tomá, bebete el caldito, no lo dejés enfriar y mostrame esa llaga a ver qué te unto.

Se quedaron lelos viéndome saborear cada sorbo. Estaba delicioso. Mañana te preparo jujús para que volvás a coger color. Isma, te vas temprano por el queso y me cogés los plátanos bien maduros, ni se te ocurra pasar por donde Ezequiel a jugar dados, ¿oíste? Sonrieron cómplices. Te voy a hacer tus jujús para que dejés esa pensadera. Estaba más canosa de lo que la recordaba. Me acogieron como un par de abuelos. Se les notaba el gusto de tener visita en el afán para poner a hacer más café y sacar la hamaca buena para mí. Era reconfortante estar con ellos en su casita frente al mar. Fue dulce, pero no pude deshacerme de la tristeza. Por suerte, no insistieron en preguntar por el destino del científico.

Sabía que el mareo no iba a aflojar mucho. Solo soporté estar en tierra tres noches. La última, antes de zarpar, la vieja Nimia me hizo un arroz endiablado a su estilo: no teníamos camarones ni anillos de calamar ni salchichas finas, solo las verduras que yo llevé con el arroz. Ella puso dos presitas de pollo, unas costillas de carne de cerdo, los aliños y otras verduras más para la ensalada. No sé de dónde sacó todo eso. Llevaba tanto sin probar cebolla, ajo, habichuelas. Cuando el aroma empezó dejé de pensar en la vergüenza que sentí al principio. La imaginé sacando sus ahorros de una caja metálica oxidada, billeticos oscurecidos, envueltos por quién sabe cuánto tiempo y con qué finalidad. Luego la supuse yendo al mercado con el respaldo del viejo Isma, andá, vieja, quién sabe cuándo volvamos a tener compañía. Gastate lo que sea que nosotros no sabemos cuándo nos vamos a morir.

La vieja cantó su bullerengue mientras picaba cada cosa. Cuando el viejo se fue a cortar el plátano para los patacones, ella me volvió a contar de su nieto, Abraham, que ya iba para segundo de escuela. Desde que se lo llevaron solo hablamos por teléfono cuando hay señal. ¿Viste que Isma está como más callado? Es por eso. Le hace falta el nieto. A mí también. Me alegra que esta vez dormiste en la casa y no en el bote ese.

Después del banquete, don Isma sacó su guitarra y empezó con *Envidia*. Un bolero. Qué canción tan linda. La versión del viejo Isma, aun olvidándosele la letra y con la voz gangosa de sus setenta y tantos, me llegó al alma. Me pareció que el mundo se podía resumir en escucharlos cantar. Vino después *El chicharrón pelúo*, sin más vientos que nuestras voces y los coros de doña Nimia. Don Isma nos hacía la señal para las respuestas en *La vaca vieja*, hasta que caímos al bunde. Una caída melancólica. Así como a los arrullos tradicionales sobre los que la vieja improvisó las coplas. De fondo, el coro repetitivo, delirante, de la voz apagada de don Isma. Me callé durante el último arrullo de la noche. Vi que por el solar pasaba un animalito: un par de ojos brillaron de pronto. Sentí el peso de las piedras en mi mano. Las piedras con las que les golpeé la vida en la ensenada.

Antes de irnos a dormir, cansados de la cantadera y del alboroto de la despedida, doña Nimia me hizo la tercera curación. Cuatro días atrás no me dolía tanto; tal vez amagaba una infección. Pero confié en las reliquias del saber ancestral de la selva y del río. Me puso un cataplasma de yerbas en el que solo reconocí las hojas de la ruda. Tal vez quina, no sé, y una raíz blancuzca que había machacado desde temprano con otros cogollos. Era un combinado diferente al de los dos días anteriores en los que se había preocupado más por limpiar, casi raspar la piel. Te va a arder. Y me tocó la frente con el dorso de su mano. No te preocupés que ese enrojecimiento es por la quemadura. Fiebre no tenés. Mañana te llevás el emplasto bien empacado y cuando tengás la primera costra rosada, ahí sí te echás la sulfaplata. En la llaga abierta no sirve. Te la echás con la mano limpia. Te lavás bien la herida, todos los santos días, con jabón azul, ¿oís? Y no te metás al mar que si no, no te vas a curar nunca. Nunca. Dijo la palabra alargando la u y la ene como una sentencia inevitable. Se aseguraba de que le hiciera caso.

Dos días después de las curaciones de doña Nimia, la primera costra que tuve era negra, gruesa, del tamaño de una mano abierta. Parecía una capa de betún. En la austera compañía del mástil, los cabos, la vela curtida, las curaciones tuvieron otro precio. Tuve que hacérmelas por tandas porque no aguantaba de tajo la violencia de arrancar las capas de tejido muerto. Yo creí que era más resistente al dolor, pero siempre terminaba chillando. Revolcándome. Madreando. Tal vez porque me tocaba escarbar debajo de mi propia piel, en la carne viva, en las membranas expuestas. Era un suplicio estar en los dos lugares: desde afuera yo hacía el estímulo a la vez que era yo quien lo recibía, adentro, debajo, en el órgano más sensible de este cuerpo. El órgano del calor, el viento, el frío, el escalofrío fantasmal, los presentimientos aterradores. Me paralizaba de dolor cada vez que quitaba una lonja de falsa piel. Tejidos amarillos, verdes. Eran míos. Yo los había fabricado, pero tenían que irse. Las quemaduras son tortuosas y duraderas, propensas a las infecciones, a curar en falso. La mía tuvo su costra rosada tras un mes de martirios.

La indignación que sentí por el incendio, toda esa rabia, la confirmé tiempo después: donde desaparecieron los manglares se formaron playones de sal. Y ahí estaban también los bivalvos carcomiendo a los que quedaron en pie. Otros exhibían agallas ennegrecidas. Tumores. Ese cáncer vegetal con forma de branquias. Los animales sobrevivientes también fueron desalojados. Como la gente desplazada, quedaron sin nicho, huérfanos, viudos. Ya no estaban en la ensenada. Todas las predicciones que hice esa noche en casa del viejo Isma y doña Nimia, entre lágrimas, resultaron ciertas. La naturaleza sí se abre paso, como ella me dijo, pero no al ritmo de una vida humana. Nuestra vida es corta y destructiva.

ISLA

Nací a bordo del pesquero del Capi, frente a la isla Tintipán, a unas cuarenta millas náuticas de Cartagena. Mi mamá solía contar que, esa noche, los cuatro tripulantes de la embarcación estaban tan ocupados en atenderla que no les importó si el barco se perdía entre alguna de las ciénagas laberínticas de la isla.

Tintipán es como una nave nodriza: en la superficie se forman recovecos inundados de agua salada; pequeñas lagunas donde se reproducen muchas de las especies que luego migrarán a los arrecifes del archipiélago. Nace mucha vida en la isla gracias a que hay jején y mosquitos que no dejan proliferar a los humanos. Por fortuna. Si hubiera muchas personas, no tendría lugar tanta diversidad. La isla es un laberinto que no se puede recorrer a pie, toca navegarlo. Da la sensación de que hay pasadizos secretos en las ciénagas interiores capaces de tragárselo a uno vivo.

Me gusta pensar que nací en uno de esos rincones de la isla y que hago parte de la extensa familia de moluscos, embriones, polluelos y tortugas que los mangles de Tintipán protegen. Además de ir a bordo de mi mamá, ella y yo íbamos a bordo del pesquero. Cuando ella me parió, no dejé de estar a bordo de algo. No toqué suelo. Es como si mi lugar de nacimiento fuera el intersticio de agua entre el continente y la isla. Una franja sin tierra: de ahí soy.

Llegué al mundo en la corta noche de 1988. Una vez leí en uno de los libros sobre estrellas y mapas del científico que a esa noche del 21 de diciembre le decían «la noche de los tiempos», y que era la fecha en la que los ancestros celebraban el solsticio de verano, el día más largo del año en el hemisferio sur. Los indios americanos le daban al sol sus primeras cosechas. Hicieron observatorios para medir los solsticios. A los antiguos les interesaban los astros, la lluvia, la tierra.

Mi mamá decía que yo era su última cosecha y su semilla. Que no falte nada en nuestras vidas, me susurraba como si conversara con una ofrenda. Hubo un tiempo, cuando vivimos en isla Fuerte, en que me hablaba de las cosas con un misticismo que se reservaba frente al Capi. Eso fue cuando ella por fin pudo tener un solar como el de sus primas de la montaña. El Capi aceptó pagar el alquiler de esa casita porque no soportó más sus quejas ni ese humor ausente, de mal de tierra y moho. Ese par de años fuimos felices.

Me contaba historias de su pueblito, Curití, y los sembrados de cabuya, los cafetales, el río. Las plantas eran su fantasía. Tenía un calendario donde señalaba la luna llena o la menguante, los eclipses y las lluvias de estrellas fugaces. Sembraba el ñame como si fuera un fruto sagrado. Estamos en buen tiempo, Alea, decía, corre, tráeme aunque sea cagajón de burro que vamos a cultivar la tierra.

Que yo hubiera nacido a bordo del barco y no en tierra firme, debió ser para ella señal de algún astro desorbitado, de algo que no estuvo en su sitio. El embarazo no planificado le costó tener que soportar los últimos meses de preñez sin un solo detalle de cariño o cuidado. Nos atravesamos en una faena de pesca inaplazable.

El archipiélago donde está Tintipán todavía no había sido agregado al parque de la reserva. Como no estaba protegido, los pescadores podían atracar sin apuros donde quisieran, en lugares fecundos, abundantes en meros y pargos enormes. Por eso, las estadías del Capi eran largas. Quienes se dedicaban a la pesca, como él, estaban convencidos de que había tantos y tantos bancos que no se iban a acabar nunca. Muchas veces lo escuché renegar. Cuándo han sido los trasmallos o las redes de arrastre instrumentos del demonio como nos lo quieren hacer ver los ambientalistas aparecidos del instituto ese, no joda, decía y tiraba los tiestos. Se quejaba de todo lo que fuera norma de conservación. Por lo general, fondeaba el barco en los arrecifes aledaños a las islas. Con eso bastaba para una voraz faena. A partir de 1996 todo eso se acabó con la declaratoria del parque. Sus reniegos se volvieron como un estandarte de guerra para él. Un cáncer de amargura.

Desde la noche en que nací, el pesquero tardó tres meses para tocar muelle en la bahía de Cartagena. Cuando desembarcamos, mi mamá obligó al Capi a ir con ella a una notaría para hacer mi registro civil. Su historia le pareció inverosímil al notario. El mar no es lugar para nacer, les dijo ofuscado. ¿Cuál va a ser el gentilicio de la criatura? ¿Ha pensado en eso? Dígame la fecha y ya. Para eso me habían traído a tierra firme: asignarme un código de existencia. Yo hubiera preferido las coordenadas marítimas cercanas a Tintipan. Igual, son números. ¿De dónde soy? Soy de los nueve grados cuarenta y siete minutos norte y los setenta y cinco grados cincuenta minutos oeste. Yo no nací en Múcura. El registro miente.

El carácter puede estar determinado por las circunstancias de un nacimiento, sin duda. El mío se lo debo en parte a eso. Pero también al nombre que mi mamá quiso darme. Solo a ella se le pudo ocurrir llamarme Alea. Los astrágalos de las patas traseras de las cabras, las ovejas e incluso de los humanos se usaban en el juego de las tabas. Son huesos que van encajados en el talón y no se sujetan ni a los tendones ni a los cartílagos. Su forma es más o menos cúbica. Funcionaban como dados con los que los hombres de la antigüedad apostaban su destino. Con el tiempo, en vez de decir el sustantivo taba o talus, fue la acción azarosa de lanzar los huesos la que terminó por ganar sentido. Tirar los dados era equiparable al adjetivo con que signaban la suerte de los jugadores: azarosa. *Iacta alea est*. El dado fue lanzado. La suerte está echada.

A mi mamá le gustaban la historia y la literatura. Iba a ser profesora, pero se conoció con el Capi y hasta ahí le llegó el magisterio. Un día vino con su familia a conocer el mar y se enamoró de la costa, dijo, yo iba a empezar a trabajar en una escuelita en marzo, pero tu papá me pescó primero. Cuando contaba eso, entrecerraba los ojos imitando un guiño que nunca supo hacer. Le añadía picardía a una historia que solo tuvo de raro el modo en que nos llamó a mis hermanos y a mí: Cantil, Terrón de Azúcar y Alea. Somos una prueba de sus dotes retóricas.

Mi mamá habría sido una buena maestra. Le enseñó a leer y a escribir a mis hermanos a bordo del barco usando una tablita pintada de negro como un tablero. Años después me enseñó a mí. Guardaba cualquier papel que llegaba a sus manos y los cuadernos eran un tesoro para ella. No aprendió a disimular la molestia que le causaba que el vaivén del navío le dañara las O, las D, los ceros y los unos. Borraba los trazos mal hechos ofuscada, no dañes el papel, Alea. El pesquero nunca sería su salón de clase.

No sé si mi nombre fue para mí fue una sentencia. Cada vez que el Capi me atacaba, su argumento era mi nacimiento accidentado: suerte perra, decía, este destino mío del carajo. Cuando nací, Cantil tenía catorce años y Terrón, trece. El Capi no contaba con emprender conmigo una nueva crianza, así que nunca lo hizo. Para mis hermanos yo era como un juguete con huesos de verdad.

Mi verdadera y única suerte es que no soy de la tierra. Soy del escondrijo submareal. O de una zona ambigua. Es todo. Mientras que el Capi quería a toda costa que Cantil y Terrón le siguieran los pasos, mi mamá añoraba que yo me convirtiera en alguien de la tierra. Todo les salió al revés. Aunque mis hermanos soportaron por un tiempo el ritmo de trabajo del pesquero, apenas tuvieron el chance se adentraron por el continente. En cambio, yo me mareo en tierra firme. Desde que tengo memoria el único hábitat que tolero es un barco. Otra vez con la ropa mojada, Alea, ni que fueras pescado, me decía impaciente mi mamá.

Ella no aprendió a nadar aunque pasaba meses a bordo del pesquero. Le tenía pavor al mar. Se la veía cómoda en el barco, adaptada, sí, pero yo sé que sufría más que todos nosotros cuando las condiciones eran adversas. No podré entender cómo soportaba la inminencia de un naufragio sin pretender salvarse a sí misma a fuerza de nado. Qué importa nadar hacia una orilla imprecisa, inexistente. Con cada brazada uno crea la ilusión de que la madre oceánica lo va acercando a una orilla o a una peña.

A veces imaginaba a mi mamá arrastrada por el naufragio hacia el fondo, luchando contra el agua, reventada en burbujas iracundas. Me veía gritándole que era fácil flotar si llenaba sus pulmones de aire. Mientras más abría su boca para hacer lo que le decía, más se iba hacia el fondo contrayéndose por la falta de oxígeno. No sé por qué la imaginaba así. Creo que mimaba el miedo dándole gusto. Cuando ella murió, estos pensamientos infames me tasajearon.

Tan fácil que es dejarse querer del agua, digo yo. El Capi se ponía furioso porque cuando habíamos atracado en un muelle o estábamos en bajos donde los corales eran visibles, me tiraba al mar desde la proa del pesquero, sin sopesar peligros. Hacía maromas que me dejaban al borde del descalabro. Él me regañaba porque no quería desviar el rumbo hacia un centro médico, no porque le preocupara que me abriera la cabeza. Para mí, era como lanzar mis propios astrágalos hacia su destino. Echar mi suerte. Estuve por mucho tiempo buscando un último abrazo de mi mamá, allá, en el fondo, en las arenas de los cantiles.

En una de esas piruetas, casi me fracturo un talón. Pensé que el fondo estaba a unos tres metros, pero qué va. Al lanzarme, estrellé el pie en un coral duro. Cuando el coral muere su calcita se vuelve todavía más dura, se petrifica, es lo que hace que las comunidades arrecifales se conviertan en grandes barreras. Aunque esta zona no era la más coralina, todavía quedaban vestigios de los jardines submarinos que alguna vez tuvo. Se me puso negro hasta arriba del tobillo en cuestión de horas.

Ya no tenía quién me cuidara, solo Terrón tuvo la voluntad suficiente para salir en la panga al caserío y conseguirme una chuchuguaza. Quería que yo dejara de renguear y no retrasara la partida por más tiempo. Zarpar era apremiante para el Capi. Mantenía ese afán, esa premura, la misma prisa siempre por ir a un sitio, a otro, esta vez sí tendremos suerte, carajo, maldita sea, no sacamos ni para el gasto. Nunca estuvo satisfecho con ninguna faena. Qué cáncer insaciable. Íbamos en dirección norte desde Damaquiel hacia el golfo de Morrosquillo. De este viaje lo recuerdo casi todo. Fue el último que hice con él.

***

Insisto en probar suerte en el fondeo hasta la una de la tarde. No hago sino malgastar energía. Nado a la orilla y me cuelo entre el manglar hasta llegar a las cocoteras. Soy banquete de zancudos. Encuentro plátano verde, una fruta del árbol del pan y una yuca con la que tropecé por azar. A veces crecen como maleza por ahí. Traigo dos mangos pequeñitos. Esos me los regala el árbol: me trepo en él y miro en todas sus ramas. Solo veo unos frutos verdes del tamaño de la yema de un dedo. Me recuesto entre dos troncos a contarle de mis hambrunas al árbol. Cierro los ojos, los tengo cansados por la inmersión. Vacíos. Me quedo escuchando a los carpinteros picotear un guamo. Cuando me voy a bajar, al alcance de mi mano, hay dos fruticos maduros. Abrazo al árbol con fuerza. Llevo años sin abrazar a nadie.

Regreso al bote con alimentos terrestres. Me siento cultivando días de vida. Con que logre cosechar unos tres o cuatro más, será suficiente para regresar al cabo. Me duele aún el esternón por el vómito de la cherna de ayer, pero el hambre no descansa. Pelo un par de cocos y me los como hasta que me duele la mandíbula. Es todo. Lo demás lo guardo para mañana. El ambiente adentro es sofocante. Empieza a llover. Apago la vela y me quito la ropa. Me acuesto con el fantasma de un abrazo rondándome. Cuando amanezca, no querré salir del bote. Conozco esta sensación previa a quedar inerte: comienza con una leve enfermedad en los huesos, la cabeza, el humor y no terminará hasta que haya amanecido casi sin dormir.

Cuando menos lo espero, la claridad de las cinco y media penetra en la escotilla. No tengo ganas de levantarme. Me duelen los huesos y la lluvia no amaina. En los costados escucho el golpeteo de las olas enanas. Me arropo hasta la cabeza acurrucándome en una posición cómoda como si fuera a dormirme otra vez. Pero no tengo sueño ya. Casi siempre me levanto a las seis. Me toca levantarme a esta hora, como los antiguos, con el sol. Así no gasto mucho queroseno en la lámpara cuando cae la noche. Intento acostarme temprano, pero casi siempre me tardo mucho para dormirme. Me quedo en la proa viendo estrellas. Las más brillantes. Hay tanta luz artificial que muchas se volvieron invisibles. Casi nadie por aquí nota la paradoja. No hablan de eso. No se preguntan por qué las tortugas a veces se pierden y desovan lejos del mar.

No voy a pararme de la cama. Me pongo a escuchar la lluvia. Con ella aumenta la turbidez. Es el agua de escorrentía. Lluvias que caen sobre el continente y se escurren hacia las cuencas aumentando los caudales de los ríos. Son aguas que cargan nutrientes que vienen a dar al delta. Le sirven de alimento a los peces en los estuarios, en las desembocaduras, entre los manglares. Pero también es la misma lluvia que arrastra las pestes de los hombres. Su mierda, sus químicos, sus desperdicios, sus cadáveres. El mar se pondrá más negro que de costumbre.

Si pongo un anzuelo tal vez la corriente me traiga la suerte de un sabaleto, quién sabe. ¿Y si amarro el nylon de la línea de ancla?, nada se pierde. Cuando trato de quedarme inmóvil el afán del hambre me desfigura. Intento planificar la pesca. No tengo derecho a quedarme en la cama todo el día. Empiezo a entender la premura del depredador. No la sentía antes porque bastaba tirar del cordel: uno tenía la certeza de que algún animalito había picado sin hacer mucho esfuerzo. Es probable que hoy solo pierda el tiempo, como ayer. Aunque intento permanecer en la quietud, no puedo dejar de pensar en que debería hacer algo: instalar la nasa, amarrar el anzuelo, levantarme, las aletas, tal vez atrape una corvina, un bravo. Nadan frente a mí los bonitos cuando cierro los ojos. El delirio de mis tripas se resume en que uno pique. Sí, uno. Con uno basta.

Me acurruco sobre mi costado izquierdo, hacia la escotilla. La lluvia aumenta. Tengo todavía un pedazo de panela y dos plátanos. Con la fruta del árbol del pan puedo hacer algo de dulce. Sería ideal prepararlo con leche de vaca. Pero no, para mí la leche es un bien imposible. Mejor la hago guisada. O frita. Las semillas fritas también son deliciosas. Para ahorrar ingredientes puedo ponerlas a hervir y luego pelarlas. Sí, me las comeré así: las machaco y con la masa hago arepitas.

Cualquier comida se acompaña con arepa del árbol del pan. Claro, cualquier comida. Tiene tanto almidón que llena la panza por horas. Podré pasar el día con eso y con los libros del científico: ayudan a calmar el hambre, sí, a aprender palabras nuevas y a odiar a esta siniestra especie homínida.

***

El rumbo estaba fijado a puerto Berrugas. El Capi había dicho que íbamos a llegar hasta la punta de los Muertos, la esquina norte del golfo de Morrosquillo. Mi viaje, sin embargo, terminó al sur, en punta Bolívar, cuando me arrojó del pesquero una última vez.

No era extraño que lo hiciera. Cuando tenía mucha rabia conmigo o estaba borracho, solía tirarme por la borda. Mi mamá se enojaba, lo manoteaba, le dejaba de hablar por horas, se ponía a llorar. Nunca tuvo éxito con sus pataletas. Él me agarraba como podía y al agua. Decía que yo era demasiado endeble, que él me iba a templar hasta volverme impermeable, se te acabaron los mimos. Tú no eras así cuando Azuquita y Cantil eran niños, ella le replicaba apostando su fe en una respuesta racional. El Capi sabía que mi mamá no iba a tirarse al mar conmigo: el miedo le caminaba por cada tendón hasta engarrotarla, entonces el poder del capitán quedaba endosado al acto. Un manifiesto de fuerza.

Nunca me importó esta demostración de dominio. Me hizo mella, claro. Cómo no. Pero en una dirección muy distante a la que el Capi aspiró a calar. La primera vez, me lanzó al agua justo en el lugar del golfo que marcaría dos momentos vitales para mí: cabo Tiburón. Yo tenía nueve años. Al arrojarme, me puso de frente al agua. El segundo momento crucial en el cabo fue el que me dejó a la deriva. Tal vez señalaba el fracaso de la labor que hice después al lado del científico.

En cabo Tiburón nace y muere el golfo. Es el sitio más distante del litoral Caribe chocoano. En esa época sí que era palpable toda su riqueza marina. Desde el pesquero se alcanzaban a distinguir los detalles de cada variedad de coral. Daba la sensación de que los arrecifes se podían tocar con solo meter la mano al agua. El Capi decidió anclar frente a unas rocas, no había mucha mareta.

Ya no recuerdo si fue porque lavé mal las cubetas o por hacerle un nudo ciego a una driza que le dio tanta rabia conmigo. Me arrojó y mi mamá se puso a gritar. Recuerdo el momento exacto en que su voz se enmudeció cuando caí al agua. Ya no se oía nada. También me acuerdo de que el pánico inicial de sentirme volando sin brújula me hizo abrir los ojos y nunca cerrarlos. Ni siquiera dentro del agua.

Quizá me hundí un metro y medio. En vez de buscar la superficie, mi instinto obró al contrario y me quedé ahí. Parecía la primera vez en mi vida que me metía al mar. Todas las zambullidas anteriores se borraron, se volvieron juegos inocentes de alguien que no era yo. Algo había estado flotando sin rumbo en mi interior, y ahora, dentro del agua, podía emerger. Me puse a mirar todo. Vi con claridad muchos azules claros degradándose hasta el ultramar y el negro. La vegetación adherida a las rocas se mecía con calma. Miles de partículas a mi alrededor. Recorrí con mis ojos la quilla del pesquero, de proa a popa. Miré mis manos, se habían vuelto grandes y azules. El agua estaba tibia. Y supe que quería estar ahí por el resto de la vida. En casa. De regreso. El Capi pretendía agraviarme, personificar a una anguila colérica descargándome sus corrientazos. Pero para mí toda esa electricidad fue el pasaje hacia mi propio ritmo marino.

Terrón se lanzó al agua. Me agarró de un pie y me jaló hacia arriba. No lloré ni nada de eso cuando volví a bordo. Me sentía feliz. A la vez, sabía que acababa de ser el objeto de una violencia, de una crueldad sin mesura. Así que no reaccioné. Lo que había experimentado adentro de aquel mar salobre era solo mío. La madre oceánica me había regalado intimidad. Un lugar secreto dentro de mí. El Capi estaba seguro de que yo no me iba a ahogar y me siguió arrojando del pesquero: creía que me mortificaba. Esa templanza que él suponía labrar a base de intimidación me daba la oportunidad de resistir.

Nunca sentí miedo hasta el día que me botó en punta Bolívar. Las otras veces, a diferencia de esta, el barco estaba anclado a un muelle o en un bajo. Además, desde que mi mamá murió, él no me había vuelto a tirar del barco. Aun si refunfuñaba, me dejaba hacer mis maromas porque era yo quien buscaba el riesgo. En punta Bolívar, en cambio, el pesquero iba a seis nudos, una velocidad imposible de seguir para un humano. Yo sabía muy bien que él tenía planeado fondear solo hasta llegar a Berrugas. Ni siquiera me acuerdo por qué se enojó. Qué mierda. Primero me tiró a mí, luego arrojó un chaleco salvavidas y, por último, el chinchorrito. La bolsa con mis dos mudas también, pero no la pude recuperar.

Grité hasta desgarrarme. Toda la rabia que había acumulado contra él en mis trece años de vida estaba ahora ahogándome. Odié sobre todo los dos últimos desde la muerte de mi mamá. Ella era el cabo fijo que unía el mástil a la embarcación, y se había roto. Me dolía mucho el talón cuando hacía cada patada. De pecho, en libre, daba igual. Un chaleco solo ayuda a mantenerse a flote, sirve para darse un descanso, pero es casi un lastre para nadar con soltura.

Rescaté el chinchorro. La única ventaja que tuve fue la calma del mar. Las mareas en esta parte del golfo no causan olas ni de treinta centímetros, por eso es fácil nadar aquí. Esto no acorta la distancia. Miré hacia la playa, parecía cerca. Pero sabía que esa percepción era obra de un espejismo. Volví a mirar el pesquero suponiendo un giro circular a estribor para volver a recogerme. Tendrían que haber puesto la proa al viento, navegar a unas cinco esloras de mí, acercarse con el motor apagado, lanzarme un cabo, decirme que esta vez se salió de control.

Comencé a nadar. En vez de ir en línea directa hacia la playa, intenté acercarme a un pequeño islote donde solo había espacio para un mangle y unas cuantas fregatas cortejándose. Exhibían esas glándulas rojas, infladas, que a mí me daban la impresión de llamados de auxilio. Al llegar a unos cuatro metros de la peña pude ponerme en pie. Tal vez hubo aquí un arrecife que ya se había blanqueado. El agua me daba en las rodillas. Tuve la impresión de poder llegar caminando hasta la playa aunque fuera cojeando, tallándome los pies en el coral muerto. No tenía fuerzas para nadar más. A pesar del cansancio y del ardor en los ojos, pude ver con claridad. Vi la playa atestada de caracolas. Un poco más lejos, frente al islote, había un bohío rodeado de coqueras y matarratones. Un lavadero y una letrina. La mecedora. El humo de un fogón. Un perrito criollo olisqueaba un cuenco.

***

El día es un largo ocaso. Hasta hace poco estuvo lloviendo. La tarde se abre hacia las cinco y media. Me aliento a subir a cubierta diciéndome que ya es hora de mirar de frente a los ojos del sol. Confrontarlo. La luz se dispersa de manera uniforme sobre el agua, en las ramas de los árboles, en el fondo de la bahía y a lo lejos donde se tornan visibles las colinas del Darién. Todos los contornos se ven difuminados a través de lo que parecen brochazos de bruma. Me duele la luz debajo de los párpados.

Percibo el motor de una lancha. Está acercándose. No es habitual, claro, menos a esta hora en que el mar se pica. Creo adivinar quiénes son y a qué vienen. Me siento contra el mástil a esperar. Si son quienes intuyo, se trata de un servicio de correspondencia que el científico pagó cuando llegó al golfo. Dejó tanto en depósito que alcanza para buscar el bote, primero a través de la red de contactos de pescadores locales y luego con algún práctico del puerto que haga un par llamadas y avise hacia dónde trazar el rumbo. Es fácil saber que estoy aquí o allá. Un golfo es un callejón ciego y no hay muchos balandros a este lado del Atlántico; no se puede esconder un barco que navega siempre en la ribera.

Entonces, todo pasa igual. La coreografía solo se repite: primero preguntan si este es el barco del científico y me piden que lo llame que le van a entregar la encomienda. Les digo que no está, que se fue a bucear porque es un científico y está muy ocupado. Me miran entre perplejos e indiferentes y explican que aún le queda mucho en consignación, le alcanza para enviar todavía muchas cartas y recibir sus paquetes, les respondo que por supuesto le avisaré. Se marchan dejando una cajita bien empacada que siempre trae, entre los varios artículos, dos cartas. A él no le van a doler. A mí me van a lapidar: llevo cinco años recibiendo esas cajas que son para él, no para mí. El peso de los años no puede echarse por la borda.

Cae la noche y tengo la sensación de que nunca paró de llover. El paquete llega en el único lapso en que no estuvo lloviendo, un instante de calma previo a una tormenta. Las cartas y los artículos que lleva dentro son un sismo. Siento cómo todas mis fallas colapsan. Prefiero no abrir el paquete: pesa igual que el anterior, viene de la misma sucursal de envíos, las etiquetas son idénticas a las de antes, ya sé qué trae y qué va a pasar cuando lea las cartas. Con una angustia miserable lo oculto debajo del camarote. Ojalá el cajón no tuviera fondo. El día empezó triste. El veredicto dictamina que termine peor.

No hay mucho donde ir si uno se encierra en un bote. Con girar el cuerpo basta para estar en la cocineta. ¿Qué hago para ignorar que la encomienda está ahí? Comer, cocinar lo que queda. Ya no hay coco. Abro el fruto del árbol del pan y pongo a hervir las semillas. Solo requieren agua y fuego para no quedar duras. Tasajeo los plátanos en moneditas y los monto en un buen chorro de aceite. Les añado un pedazo de yuca a las semillas para aprovechar el mismo hervor, la misma olla, la misma estufa. En el fondo deseo que no se ablande. Así podré tener la mente ocupada en estrategias culinarias estúpidas. Mi suerte se corona con el único adobo que tengo: sal para mí, para la yuca, las semillas y el plátano.

Tanto que medité qué manjar haría con mis escasos alimentos y ahora lo que quiero es empacharme. Atiborrarme la boca, el estómago, los intestinos. Tener algo en qué ocupar el cuerpo, así sea solo metabolizar almidones, llenarme la barriga de pepas, ojalá el apéndice. Pienso en preparar de algún modo las cáscaras del plátano. Atragantarme con ellas. Me embuto una en la boca así, cruda, pastosa y amarga. La escupo. Maldita sea, qué voy a hacer para olvidarme de esa caja.

Otra vez empieza a llover con fuerza. Salgo a cubierta a ver si el aguacero me congela esta angustia. Alzo los brazos, me arrodillo, me agarro la cabeza hasta que el agua hace su efecto en mí. O el frío. Vuelvo a respirar. Me acuesto boca abajo en la cubierta. La posición de la cobra me estruja la columna lumbar. Hundo el coxis en la madera esperando con ello reposicionar las vértebras dormidas. Los brazos me tiemblan al hacer fuerza para sostenerme el tronco. Pienso en que me falta magnesio.

Puede ser la carencia de proteínas, de hierro, de algún mineral imprescindible. No sé, veo mi deterioro. Por ahora prefiero contemplar cómo me tiemblan los nervios y los tendones que encarar la encomienda, abrir la caja, leer las cartas, tomarme el vino.

La lluvia me golpea la cara. Cambio a la posición del perro boca abajo y me traquean todas las vértebras cervicales. Aguanto un poco más la pose hasta juntar casi los omoplatos. Mis manos se deslizan en la madera mojada. Arrecia el aguacero. Todo está oscuro. Se me vacían los pulmones a la vez que el agua entra por mi nariz y me dan ganas de toser. Toso en esta postura en la que tengo los hombros elongados, el hueso sacro hacia el cielo, los talones clavados en la cubierta.

Por eso también la llaman la pose de la montaña. Un sencillo triángulo en el que el apoyo está solo en los pies y las manos. Con el temblor de los brazos y la fuerza que hago al toser, me extiendo más de lo que debería. Siento cuando un leve traquido me avisa que me zafé el hombro izquierdo. Me tiro hacia el lado opuesto y antes de que la mueca de dolor se me clave, me aprieto con fuerza el codo y lo tiro hacia arriba para ponerlo en su lugar. Creo. Tal vez este sea su lugar.

Me quedo allí un rato, bocarriba. Un relámpago me muestra el cielo nublado, la lluvia. No creo que se me haya salido toda la cabeza del húmero pues sentí que encajó rápido cuando la forcé a regresar a su sitio. Me incorporo temblando de frío. No había notado cuánto me bajó la temperatura. Pienso en que comer me hará bien y me apresto a regresar. La caja seguirá ahí y tendré que abrirla.

Me seco las manos para poder encender la lámpara. Sigo tiritando. La comida es un mazacote. Cierro la pipeta y me quito la ropa empapada. La otra muda huele a sudor, está sucia. Mi olor es como el de un crustáceo. No lavé ropa por la obvia razón de mi drama del día. La pereza. Me hago un cabestrillo con una tira de tela que suelo usar para amarrar los aparejos. Respiro profundo. En esta posición no me duele tanto y recupero calor corporal.

Con el cucharón remuevo esa masa de yuca con semillas, algunas pegadas al fondo de la olla. Al menos no está quemado del todo. Echo el plátano encima del mazacote. Me atraganto con unos bocados gigantes que saco con el cucharón directo de la olla, ¿para qué un plato? Me pongo el tiesto tibio sobre el hombro. Me alivia. La lluvia cae con ponzoña en cada centímetro de mundo y, sobre mí, el peso de esa encomienda que no es mía.

Mi augurio de insomnio es certero. Falta poco para que se me agote el combustible en la lámpara. Entonces jalo la manigueta del cajón bajo el camarote y observo la caja del científico. El cartón no tiene logotipos, cada extremo está bien asegurado con cinta de embalar. La dirección del remitente es la misma: Altea, provincia de Alicante, Comunidad Valenciana. Números, el nombre de una calle, teléfonos, estampillas. Por eso, quizá, le caí en gracia desde un principio. Venga, yo soy de Altea. Si tuvieras una te en tu nombre seríamos como coterráneos. Te he estado viendo. A ti te falta una T y es de tierra, ¿no? Lo dijo así, lo recuerdo línea por línea cuando me llamó por mi nombre. Me dio la mano y me dijo el suyo. Esas palabras ya no las digo.

Comienzo pasando el cuchillo por las cintas. Abro las cuatro alas superiores de la caja. Ahí están los tesoros: dos enlatados de paté de bogavante, dos de pastel de erizos de mar, dos botellas de vino tinto muy bien aforadas, un desodorante medicado y, esta vez, un solo sobre. Una carta. No puedo abrirla con una sola mano. No puedo. La dañaría. Está marcada con una letra finísima, más exquisita que los siete artilugios que vienen empacados con primor y deben costar más de lo que yo podría ganar en un año de labores. Es como si esa letra manuscrita gritara privacidad, por favor, intimidad, respeto. Me entierra su punta caligráfica. Me arroja tinta indeleble en los ojos y, a pesar de sus súplicas, tendré que violarla.

PEÑA

Desde que el científico no está, he recibido cuatro cajas. Una cada año. Esta es la quinta. En uno de los sobres suele venir la carta de la mujer y en el otro, la de la hija. Son varias hojas escritas por ambos lados. Las de la señora tienen encabezados del tipo Amado mío, Dulce y recordado amor, Luz de mi vida. Fórmulas de cortesía y volteretas en la escritura. Me resulta extraño que ella se dirija a él con semejantes formalidades sabiendo que se separaron antes de que él cruzara el océano en solitario. Lo de la separación no me consta, eso lo dijo él. Tal vez son saludos sinceros. Yo de eso no sé nada.

Cada carta está en su respectivo sobre, ordenada por fecha, clasificada en una cartografía en la que memoricé sucesos, sitios y personajes. Yo armé el mapa con las cartas, pero para mí son como inventos, ficciones de la mujer, la hija. Él tenía una historia antes de venir aquí. Trato de ensamblar las partes que él me narró, las que leo en las cartas y las que me toca imaginar para responderlas. La letra de él es sencilla. Me la aprendí calcando sus palabras. Hice planas de escuela. Así respondí las cuatro cartas anteriores. La comunicación parece seguir sin truncarse.

Abro el único sobre que vino en la encomienda ayudándome con la boca. Hay una sola hoja doblada en tres. La acerco a la luz. Es para mí. Dice mi nombre sin más preámbulos. El miedo me llega violento. Maldita sea, ¿por qué la carta es para mí? Debía ser para él. Acerco más el papel para corroborar, sí, es para mí, es mi nombre. Mierda.

Siento la muñeca izquierda encalambrada. Apreté mucho el cabestrillo, al parecer. No había notado que los dedos se me entumieron. Me suelto el brazo. Los sobacos anegados de sudor, qué mal, el miedo me hace sentir que me desaguo. Aumenta el sofoco ahora que la lluvia mermó. El frío no dura. Reparo en el chingleteo de las pocas gotas que todavía se avientan de lo alto. Tengo la entrada a la panza anudada, como un hipo atrancado. Siento náuseas. Eructo un vaho de sal y café. El amargo del café en mi aliento. Agrio. Acre. Me asqueo por abrir la caja, debí dejarla ahí, escondida, es más, debí echarla al mar. Vomitarla del bote. Me detengo en eso: lo que se arroja por la borda al mar es un vómito. Algo que hace daño. El Capi fue más valiente que yo cuando me arrojó al mar.

La llama de la lámpara se desmorona, pierde ganas. Derrocho los minutos que quedan de luz mimando el brazo inútil, dilatando lumbre mientras rememoro las respuestas que envié en nombre de él. Casi no distingo qué dice la carta. Es una escritura de remolinos, una pluma que sube y baja con estética monacal. Quiero leerla, pero el miedo es un maldito coloso. Las lágrimas tampoco me dejan ver. Los ojos me pesan. Acaba de morir la lámpara y no noto la diferencia entre tener los ojos abiertos o cerrados. No sé si me estoy durmiendo, si sueño, si es un episodio de duermevela, de sonambulismo. Veo en una lentísima sucesión de imágenes lo mucho que trabajé para el hombre. La cantidad de cosas que me enseñó, las que aprendí desde el día en que abordé por primera vez su velero y anclamos en la Ensenada. Dijo que eran mis primeras lecciones de botánica y de natación con técnica. En las visitas que hicimos a Titumate donde los viejos, no solo me enseñó sobre su ciencia, sino a practicar ciertas posturas de yoga para la respiración, la salud, en fin, rendir mejor bajo el agua. Hasta el día en que recolectamos las últimas muestras de coral vivo en el cabo, no paró de instruirme, de darle sentido a las cosas. Lo único valioso que todavía tengo son esos cinco años trabajando con él. Todo lo que él sabía me lo dio a manos llenas. Y me queda el bote. Este barco sin nombre.

Por acá todo el mundo le decía «el Científico». Los más confianzudos lo llamaban Cienti. Yo no. Yo anteponía la palabra patrón o profesor y enseguida el nombre de pila. Con respeto. Ahora que lo nombro con ese sustantivo anónimo, caigo en la cuenta de que cada vez se borran más sus facciones de mi memoria. La precisión del rostro o de los ademanes. Todas esas cosas que hacen a la gente. Recordarlo se parece al delirio de las fiebres: no se distingue la línea de la cordura, de la pesadilla. Me dormí sin darme cuenta porque empiezo a ver por la escotilla los azules del amanecer. En qué momento pasaron las horas, el frío. Me duele la espalda. Cómo me pude dormir en esta posición, en el suelo, con el brazo entumido, sin ropa. Los harapos de anoche en el suelo empapados otra vez.

***

La playa de las caracolas era más blanca de cerca. Había miles acumuladas por la marea y el oleaje. Caracolas diminutas como granos de arroz o de maíz, caracolas grandes del tamaño de un coco pelado, caracolas azules, caracolas teñidas del verde de las algas, caracolas violetas, caracolas idénticas entre sí, aunque de tamaños diversos. Sumadas, se veían blancas. Quizás era la luz del sol. Me pareció que el mundo aquí era más blanco. Me senté contra una cocotera mirando hacia el mar. Vi que tenía varias cortadas en la planta de los pies, el talón hinchado. No sentí dolor sino el tallón fastidioso de las caracolas, la arena, la grama erizada.

Punta Bolívar es una bahía corta: el pesquero iba lejos cuando yo llegué a la orilla. Me obligué a no mirar hacia el norte, en dirección a Berrugas. Solo al sur. Recompuse el rumbo que recorrimos desde Damaquiel e inventarié las cosas que el Capi debió arrojarme luego de que me lanzó al agua: el menjurje para el talón, mi cuadernito, las chancletas, el pocillo de peltre de mi mamá que tenía pintadas unas rosas, con un borde negro que ella sobaba y sobaba con el índice al tomar café.

Estuve un buen rato ahí, de espaldas a la tierra, con el espinazo hundido en el tronco de la coquera y los mocos de un llanto que no quise admitir. Escuché unas pisadas como de mentiras en el pastizal seco: era el perrito que vi desde la peña. Me estaba mirando. No ladró. Una lagartija habría hecho más ruido: estaba flaco. Flaquísimo. Olisqueó, se arrimó, volvió a olisquear. Me acercó el hocico frío a una mano. Le rocé una oreja con el dedo. Se puso a husmear el chaleco, el chinchorro, luego mis rodillas hasta que me lamió una de las heridas de la planta del pie. Mi mamá decía que los perros portaban su dosis de santidad porque la saliva era curativa y que por eso tenían un santo propio, san Lázaro. Me hizo cosquillas, se asustó un poco cuando reaccioné, pero se quedó allí, conmigo. Se echó a mi lado, casi encima de mi pierna, y se puso a mirar al mar, jadeando, como yo.

Tenía la piel reseca. Algunos pelones calvos y la barriga pipona. Las garritas afiladas. Los ojos despiertos, llenos quizás de confianza o ternura. Tal vez eso es la ternura: unos ojos que miran sin miedo, con cierta lástima, benevolencia animal, como diciendo, qué mierda de especie la tuya, ¿cierto? Debiste nacer gato o babilla. No estarías ahí compadeciéndote. Pensarías en buscar comida y un lugar seguro para dormir. A todos nos echan. Ven a mi casa, hay sobras suficientes, y sarna, y pulgas…

Giré para mirar el bohío. El animal presintió mi intención, se paró en un santiamén y tomó camino al rancho. Había que subir una especie de terraplén más allá de la cocotera. Tuve la impresión de que la casa estaba muy lejos de la playa. Pero quedaba ahí, a unos cincuenta metros. Eternos si uno no tiene parámetros terrestres para medir la velocidad y la distancia. El mareo me entorpeció, el dolor en el talón, las cortadas. Heridas superficiales en todo caso. Sentí miedo de acercarme, pero el perrito ladró, así que alguien se asomó con la parsimonia que deja el mediodía tras de sí. A contraluz, la entrada de la casa era una cueva, un espacio vigilado por quién sabe qué custodio. Dudé. Traté de bajar hacia la playa. Una voz de mujer gritó, ven, acércate, hace rato que te vi, ajá.

El llamado fue neto: más autoritario que caritativo. Obedecí. El perro fue a parársele detrás escondiendo la cola, como si lo hubiera regañado. La voz de la custodia rezumaba obediencia.

Toma, me pasó un pocillo con guarapo. Me lo bogué. Solo entonces reparé en cuánta sed tenía. ¿Ese era el pesquero del Capi? Me preguntó con el mismo tono recio. Asentí. No podía dejar de mirar sus pies curtidos. Los dedos parecían agarrarse al borde de la chancla y yo me aferré también de ese abismo donde sus uñas se asomaban en forma de aleros. Sentí que no debía mirarla a la cara, como si tuviera que sufrir la vergüenza de que el Capi me hubiera tirado del barco. El lastre es mejor arrojarlo por la borda, sentenció la señora cuando le devolví el pocillo. La miré a los ojos por primera vez. Se sacó del faldón un cigarrillo sin filtro, sosteniéndolo entre los labios me dijo que me sentara, lo prendió, dio una calada y después volteó la llama hacia dentro de la boca. Ya no habló más. Me tocó suponer su caridad pues no me echó de inmediato.

En el corredor había una palangana con arroz acabado de pilar. Se puso a cernirlo y a soplarlo para sacarle los restos de cascarilla. Ese arroz va a quedar pasado a cigarro, pensé, pero qué rico comer arroz. El perrito se echó junto a mí. Percibí que su panza rugía, hacía bru, bru, bru, igual que mi estómago. Lo imaginé diciéndome que a él también le gustaba el arroz, sobre todo cuando la doña se lo remojaba con las sobras del sancocho, mira, ese es mi cuenco, qué rico el arroz remojado con aguapanela o seco o con pedacitos de plátano frito o con manteca. Respingó el hocico hacia mi mano para que le sobara la cabeza. Tenía costricas en la piel y cicatrices.

Quise preguntarle a la señora si conocía de tiempo atrás al Capi, pero su silencio era como las caracolas: blanco, puntilloso. Ella solo me olvidó, estaba concentrada en el arroz, el humo. Al rato volteó a mirarme, me observó los pies, señaló hacia la letrina y me hizo un gesto de que fuera a enjuagarme. Espera, gruñó, soltó la palangana y entró a la casa. Regresó con una camiseta y un mocho. Todo me iba a quedar grande, aunque era ropa limpia. En la poceta hay jabón, terminó por decir en una oleada de humo. Le di las gracias y me fui a bañar.

La sensación de su trato era muy extraña: me pudo decir que me largara después de darme de bogar y listo, habría cumplido con el buen deber, pero no. No me echó. Tampoco fue cálida su acogida. El aura de los gestos, sus órdenes, su mirada, estaban teñidas como de obligación. Una especie de piedad impuesta. Pensé en que a lo mejor la doña era miembro de una de esas congregaciones donde convencen a la gente de hacer cosas que no quieren hacer por los demás. Obran para que el ojo invisible todopoderoso las vea. Serán juzgados con la vara de la bondad. Creyentes. Como fuera, ya me había calmado la sed, podría darme un baño de agua dulce y ponerme ropa seca. Tal vez, igual que al perro, me tocaría un poco de arroz. Me fui a la poceta en actitud sumisa, seguro por el cansancio, el abandono. Cualquier cosa. Lo cierto es que no tuve ganas de replicar o sospechar o inquirir por qué el lastre es mejor echarlo por la borda. La única frase que la mujer me dijo hasta el momento resonaba con la contundencia de la verdad a rajatabla.

Me desnudé frente al lavadero. No me importó que me vieran. Esos pudores son las cosas que le enseñan a uno personas como mi mamá o el Capi y yo ya no estaba al alcance de su vista. Me habría dado igual empelotarme delante de la doña o de su congregación en pleno. A quién le interesaría mirar un cuerpo vaciado. Detrás de la casa solo había platanales tupidos, una era de yuca, ñame, otros árboles. No vi más casas. Quise convertirme en una higuerilla, un coral muerto, un perro. Cualquier cosa menos yo. Me eché mucho jabón, me estregué como tratando de borrarme cualquier parecido genético con mis hermanos, hasta desaparecerme la nariz, la boca, los codos. Quería ser un huevo: sin rasgos, pero por más que restregué, todavía era yo.

***

En esta época del año amanece más temprano. Quizás son las cinco y media. Escurro la ropa y me la pongo así, húmeda. Aprovecho que el cielo promete una mañana despejada para prepararme a zarpar. Suele ser así cuando ha llovido tanto: no hay nubes y el olor a tierra húmeda del Darién impregna el aire. Despierto con la carta apretada contra el pecho. La doblo. La guardo en su sobre. La pongo bajo la caja. No voy a leerla aquí, en esta bahía de los mil diablos en la que ya no quiero estar. Con esta racha, ni siquiera en bocas de Suriquí tendría suerte. Allá que abunda el pescado, a mí me picaría una piedra. Qué infamia de lodazal. La bahía no era así.

Tengo que volver a la ribera coralina del noreste del golfo. Es hora de regresar a cabo Tiburón. Un retorno que cambie el ritmo de estos cinco calendarios sin norte. Debo dejar el fango. Los gusanos. Los alevinos sin futuro. La bahía ya no tiene promesas. Los artesanos de la nasa, el troleo, la atarraya de cinco o seis puntos moriremos de hambre y mucho más ahora que comenzó la construcción del puerto. Tienen a medio pueblo contratado para las obras. La otra mitad de la población, sobre todo mujeres, se encargan de atender a los ingenieros del campamento. Dicen que así le devuelven a la comunidad el beneficio: con salarios. Ponen a la gente a firmar acuerdos sociales para el turismo ecológico y entregan veinte becas para que los jovencitos aprendan inglés y listo. Llegan el hormigón y los herrajes a convivir en armonía con los espíritus custodios de la jungla y el océano. Sonrían para la foto.

Estiro los brazos y noto que el dolor no me inhabilitó tanto como creí. Al menos. Podré empezar con el aprestamiento del barco. El aljibe se llenó con el aguacero de anoche. Solo debo conseguir queroseno, intentar canjear el desodorante medicado del científico por arroz; ojalá me alcance para traer más café, lentejas. No puedo irme de Nueva Colonia sin conseguir esto primero. Ariel es mi contacto en el pueblo. Espero que me ayude. Analizo la ruta. Vuelvo a leer las señales del tiempo y creo que sí, este será un día propicio para navegar. Ojalá para el trueque también.

Pienso en el grillete que sostiene el ancla: espero que aguante a pesar de que está en mal estado. No lo recordaba. Así como el grillete, hay una lista sin fin de tareas de mantenimiento que no he hecho en los últimos días. Esa es importante. No puedo perder el ancla. El fondo de lodo se la tragaría en un santiamén. Lo que sí puedo hacer de inmediato es ajustar las cornamusas. Tienen las tuercas sueltas. La última vez que desamarré la cuerda de la vela mayor estaban flojísimas. Un descuido. En cada cornamusa hay un cabo amarrado que me mantiene a salvo. No debo permitirme estas debilidades. Moriré de hambre quizás, pero no de desidia.

No entiendo por qué, justo ahora, me dio por pensar en la avería del grillete. Nada me sacará de la cabeza la idea de que voy a tener que bajar a revisar que aguante al levar el ancla. Bajo al camarote a buscar la herramienta, la careta, las aletas. La caja del científico está sobre el mesón. Por qué no la habré guardado antes. La levanto y ahí está la carta. Intento esconderla, pero siempre la encuentro. Lo bueno de haber hecho una larga lista de tareas es que puedo evadirla. Pero no la evado. No del todo. La dejo donde está e imagino que la leeré cuando salga de la bahía.

Preparo la inmersión. Respiro. Escucho. Ya vienen el hambre, el choque, el agua, el frío, la turbidez, el silencio, la lejanía, la oscuridad, la presión. Buceo siguiendo la línea del ancla. Bajo lento para no afanar el consumo de oxígeno. Conservo el brazo izquierdo contra el torso, sin moverlo. Me duele el hombro con la presión. Paso la primera capa de agua, la siguiente está aún más fría. Avizoro el fondo, es de color tierra tostada, ocre cuando los rayos de luz lo tocan. Ahí está el ancla. Parece la garra de una bestia ya extinta. Un fósil. El suelo es blando, por eso si el ancla se zafa en el camino de subida, no hay nada qué hacer para recuperarla. Se perdería en el limo. Palpo la argolla y, en efecto, casi se ha soltado el perno. En uno o dos días más habría quedado a la deriva. Traje un eslabón de repuesto. Lo ensarto y lo aseguro a la cadena. Me tardo en ajustarlo. Escucho los latidos de mi corazón acosándome. Tiro de la cadena para comprobar que está todo bien. Una nube de cieno se levanta. Funciona. A la superficie pronto. Voy sin aire.

Boto la última bocanada al salir. Me palpitan las sienes. Esta es ahora mi vida, me digo. Siempre algo que hacer, algo que reparar. Componer piezas rotas para sobrevivir. Rogar porque no me desmaye al sacar la cabeza. Un cierto calambre me recorre los pies. La boca reseca. Permanezco un rato en el agua hasta que las listas en mi mente me agobian. Tengo que estibar. Hay objetos sin amarre en todas partes, ¿hace cuántos días estoy aquí? Muchos, creo. Ya no sé. El tiempo también es un delirio y una cuota de desorden: por estos días he estado sacando libros, tiestos, drizas que se van quedando a vivir donde no deben, tirados al garete. Yo no era así. Solía tomar una cosa y devolverla de inmediato a su sitio. El desorden es costumbre de personas sedentarias. Yo, de cuándo acá con semejantes manías. Debo organizar temprano. La suerte está echada, digo, pobres pies, no puedo nadar con estos calambres. Falta comida.

Hago café luego de la inmersión. Me pasa últimamente que quedo sin fuerzas, sin capacidad para concentrarme. El café ayuda un poco. Lo que viene es más delicado: izar la vela. Tengo que poner la proa del bote de cara al viento. Así la tela no trabaja. Amarrar primero el palo horizontal donde va sujetada. Solo falta que me bote la cabeza o me lance al mar. Hay que enrielar la vela hasta la punta del mástil. Atar el cabo dándole la tensión y curvatura necesaria a la tela para navegar a unos seis nudos. Intentaré llegar a media mañana a Nueva Colonia. Tal vez al mediodía ya pueda estar zarpando hacia el norte. Quiero irme de aquí. Ir de largo por las bocas del río, bahía Pichindí, La Paila, Coco grande, la isla de Los Muertos, bahía Candelaria. Pasar la noche en El Rotico, ojalá en bahía Ceverá, y al día siguiente navegar por fuera de las islas Titumate, lejos de la ribera continental para no franquear el pueblo. Qué pensarían de mí el viejo Isma y doña Nimia al verme en estas condiciones.

Me quedo mirando la caja. Siempre pienso en que no debería sacar nada de ella. Qué respeto digo tenerle al científico si canjeo sus cosas, violo la privacidad de sus cartas, su vino, sus gustos refinados por el buen comer. Vivo en su bote, nado con sus equipos, estudio sus preguntas, clasifico sus plantas, escribo sus informes. Ni siquiera me siento capaz de leer la carta por temor a lo que sea que reclame. La única cosa que retumba dentro de mí con suficiente claridad es que el hambre es cínica.

***

Lavé el chinchorro y mi ropa. Quería sacarles cualquier atisbo de olores que me recordaran a Cantil, a Terrón, a mi mamá. Para el Capi no tenía ningún olor conmigo. En mi memoria nunca tuvo un olor que le fuera propio. Olía a ron, tal vez, pero mucha gente huele a ron. Mis hermanos hedían a sudor, a faena de pesca en la madrugada, a maldades como echar hielo en mi chinchorro o comerse mi porción de bollo a escondidas. Supuse que no iba a extrañarlos, aunque los hábitos son traicioneros y producen nostalgias inoportunas.

No supe si era hora de irme, si debía ofrecerme para hacer algún trabajo, si solo dar las gracias y quedarme ahí, como los perros velones. El mareo de tierra era insoportable. Fui hacia la casa a ver si podía tender la ropa, seño, llamé sin mucho entusiasmo, ¿me da permiso de colgar esto? La imaginé sacando una bolsa para que empacara todo y me fuera. La señora apareció del lado opuesto al lavadero. Una señal con la mano bastó para que la siguiera.

Al principio, solo había visto una maraña de matarratones, pero la propiedad tenía, detrás del matorral, un solar con un gallinero. Había unas cuerdas de alambre mal amarradas entre dos palos. Partes oxidadas de estufas, bicicletas, una puerta de un camión, llantas encharcadas, botellas, zapatos de un solo pie, una gallina, una mecedora con el tejido del espaldar roto. El perrito estaba echado contra la tapia posterior de la casa donde daba más sombra. Guinda eso acá, ¿y tus chancletas?, me preguntó, tshhh, no me digas, no quiero saber. Mientras colgué la ropa, la doña me habló como si yo fuera del lugar: necesito que le lleves esto a Justina. Te vas derecho por el camino, ¿ves aquel suan? Ahí nomás.

Me entregó una olleta con aceite limpio. No le recibas nada a Justina. Ella no hierve el agua, no te quiero con diarrea, quédate hasta que te devuelva la olla, y volvió a señalar hacia el sendero con un gesto que pareció empujarme. Qué habría pasado si me hubiera dejado ir cuando el Capi me lanzó al garete de las corrientes, pensé. No fui capaz de ponerme al capricho del agua, no pude. Nadé hacia la peña donde las fregatas me hicieron señales de auxilio, caminé sobre el coral muerto hasta la playa de las caracolas, me amisté con un perro flaco que me lamió una herida y, bajo la suerte de no sé qué astro, me vi haciendo mandados con la docilidad de una tortuga carey. La escuché en un segundo plano de fondo: y deja la pensadera, anda que de aquí a que vuelvas se ha secado el arroz. La palabra arroz me retumbó en la panza. El perrito se paró de un brinco y tomó camino delante de mí. Espera, volvió a chistar. Y regresó a la casa a traerme unas chancletas grandísimas, póntelas, cuando vuelvas te curo esos pies.

Más que hablar, la mujer emitía refunfuños. Supuse que ella era así y que ahora me estaba acogiendo porque le prestaría algún servicio. Eso sí lo sabía hacer desde antes de que mi mamá muriera, pero mucho más cuando se fue: ganarme la comida, luchar por el derecho a colgar un chinchorro, fregar ropa, lavar cacharros, preparar aparejos, hacer mantenimiento de rodillos y pernos, remendar atarrayas, limpiar anzuelos sin dejar los dedos engarzados, llevar el libro de a bordo.

La señora no necesitaba nada de eso, obvio, pero me hice a la idea de que podría ser útil adaptar mi insignificante lista de saberes a este entorno que todavía me resultaba hostil. Luego, cuando me adentré por la trocha, vi que la hostilidad no venía de la tierra. La materia era otra, sí, su presencia era diferente a la del agua, pero en el fondo la sensación de acogida se me hizo similar. El suan era un gigante, un cachalote sembrado. Alrededor crecían aguacates, carambolos; los mangos maduros colgando entre las ramas me recordaron el amarillo con naranja del coral fuego. Ya no se escuchaba el mar. Era una sensación sorda en mis oídos. El zumbido de las chicharras suplantó a la brisa.

El camino llegaba hasta una carretera polvorienta; unos metros más adelante, la casa que supuse era de doña Justina. Tenían chanchos: olía a puercos y a aguamasa. Los olores de los hábitos de la gente me resultaron excesivos, diversos. Todos vinieron juntos. Marranos, perros, pollos, charcos, excremento, orines. Sentí náuseas otra vez. Me calmé pensando en que tendría que acostumbrarme a ello pues cuando el Capi regresara por mí, habrían pasado al menos tres semanas. Me tardé una temporada más larga para admitir que simplemente me abandonó.

Llamé desde el portillo. Vino otra señora parsimoniosa a mi encuentro: ajá, ¿qué quieres?, señalé en dirección al mar: la doña le mandó esto. Me recibió la olla. Permanecí ahí, ante el portillo. Ella se quedó mirándome un rato, sentí que sus ojos me tomaban medidas, así que me preguntó qué esperaba y le dije que la olla. Vieja maluca esa, dijo, como si no te pudiera mandar por la olleta después. Se fue chistando. Al rato volvió con el tiesto a medias lavar. ¿Quieres de bogar? No, seño, gracias. Esa ropa te queda juagada, ¿es prestada? La pregunta la tuvo en la punta de la lengua desde que se puso a repararme. Gracias por la olla, seño.

El perro reapareció detrás de la marranera lambisqueándose el hocico. Emprendimos el camino de vuelta. En la casa me esperaba un plato con arroz y huevo frito que agradecí comiéndome hasta el último grano. La señora me miró comer. Cuando terminé me dijo que podía colgar el chinchorro ahí mismo, en la cocina, pero que lo tenía que recoger bien temprano que ella no quería trapos estorbándole ni desórdenes de ningún tipo. No me gustan los caprichos. Acá se come lo que hay y se trabaja duro para ganarse la comida. Tan familiares sus palabras. Pon el pie en esa butaca, ordenó, y me echó mertiolate en las cortadas. Tenía la mano pesada. Áspera. El talón lo tienes bueno, la hinchazón se quita caminando, así que, ajá. Sí, seño, dije. Y eso fue todo hasta que la noche me alcanzó sin entender qué clase de maniobra estaba dando mi vida para girar o mantenerse a flote.

No había escuchado antes a un burro rebuznar cada hora hasta la madrugada. Se oía lejos, daba la impresión de ser una bestia de otro meridiano. Más tarde, el gallo. El canto recorría el suelo como un sismo. Para qué relojes con semejante competencia. No dormí bien. Me puse a extrañar el pesquero. Me dio rabia eso de mí. Eché de menos el aroma a crustáceo, el vaivén automatizado del chinchorro, el vaho del pescado congelado. Es un olor tímido, como de sangre coagulada. El crujido del espejo de popa cuando la mareta le daba fuerte. Hasta el óxido de las poleas tenía un sonido. El fantasma de la sal sobre cada parte. Ruidos y movimiento. Olores. Salitre. Todo eso lo añoré mientras que el estrujón del Capi, cuando me lanzó por la borda, volvía una y otra vez a la memoria de mi cuerpo.

Estaba oscuro al levantarme. Salí al solar. Los matorrales estaban quietos. El corral de la gallina parecía un sepulcro. Los chécheres que vi el día anterior se degradaron en basura. Pensé que estaban ahí por alguna razón, que la doña los acumularía con el pretexto de algún beneficio. Pero eran bultos de metal y de caucho acurrucados en la tierra tratando de pasar desapercibidos. Ni siquiera el perro se levantó. Entiendo que para eso la gente tiene perros en sus casas: para que avisen si algo se mueve, si hay presencias al acecho. Me sentí no ser. No tener gravedad. Tal vez el abandono lo hace a uno leve, supuse. Insignificante como las cosas cuando pierden el ánima y se las arruma por ahí desprovistas de utilidad. Yo también me sentí ser un alma despojada de cualquier cosa, lo que fuera, vacía, sin nada que decir, sin quejas.

Entré de nuevo en la cocina. Descolgué la hamaca. La enrollé junto al salvavidas y las chancletas gigantes que no me volví a poner cuando se me curaron las cortadas. El fogón frente al que dormí conservaba lumbre del día anterior y, sin embargo, no había calor en las brasas. Sentí frío. Los tiestos también estaban suspendidos en una atmósfera helada. Hubiera querido montar un café con la panela que la señora guardó en un tarro de galletas la tarde anterior, pero ni por asomo me hubiera atrevido a mover las cosas. Exasperante esa quietud del viento, de los árboles, la mía. Quién sabe qué acostumbraba ella, pensé: levantarse temprano y hacer la siesta al mediodía o despertar tarde para ahorrarse el desayuno, a lo mejor andaría levitando sobre la copa de los árboles convertida en una bola de fuego. Qué podía saber de la vieja si ni el nombre nos dijimos.

Salí de la cocina otra vez. Tras un par de minutos ya había clareado un poco. Miré esa cantidad de artefactos, objetos abollados, romos, piezas sueltas. Me puse a ordenarlas: era mi obsesión. Cuando la doña se levantó, yo ya había organizado las botellas de vidrio que estaban desperdigadas por ahí. Las puse por tamaños detrás del corral de la gallina. Traté de emparejar zapatos y tenis, pero estaban nonos. Los dispuse en una larga fila para airearles el salitre. Coloqué las llantas contra la pared para que se secaran los charcos y las colonias de zancudos. Por qué tendría tanta basura, ¿para reciclar? No tenía por qué importarme, quizás la sensación de desmesura era por el desorden. Icopor, plástico, en muchos casos, basura flotante.

Sentí ruidos en la casa. Era ella. Siquiera había recogido mis cosas. Al rato vino con un pocillo de café dulce y el cigarro metido en la boca. No me dijo ni buenos días. Se puso a mirar las pilas que hice, las cosas arrumadas en montículos. Todavía me faltaban muchas categorías para clasificar los cachivaches tirados en el solar. Hacer conjuntos. Pero la barriga me rugió de hambre. Tú sí que comes, me dijo. Alimentarte va a salir caro. ¿Quién te dijo que arreglaras esas cosas? Eres igual a él. Él fue el que me trajo toda esa basura dizque para limpiar la playa. Malhaya sea mi suerte.

¿Él?

PLAYA

El Capi tuvo sus razones para botarme frente a la playa de las caracolas, como si hubiera sabido que iba a ser duro adaptarse a la vida con la seño. Supe que se llamaba Aurora por uno de los mensajes que le mandaron conmigo. Era alguien difícil. Apenas podía entender la situación extraña que compartí con ella: me trataba con desprecio y a la vez me brindaba su comida y su refugio. Llegué a los trece sin avizorar que estaría viviendo en su bohío siete años más.

Para mí lo más arduo era pasar tan poco tiempo en el mar y tanto en la tierra. Sin embargo, cada día cuando me mandaba a llevarle algo a la vieja Justina, a Francisca, a la tienda donde Joaquín, al granero, a la plaza de mercado que quedaba lejísimos, me entretenía observando hormigueros, nidos de vireo, insectos, micos. El perrito me acompañaba a todos lados. Para él seguro fue un alivio salir de los dominios de la custodia. Le encantaba perseguir chorlitos en la playa o ladrar a las bicicletas y comer cuanta porquería encontraba.

Me habitué al escándalo de las mariamulatas, a la humedad, al cuerpo seco. Aprendí a encaramarme a los árboles.

Eso no complacía al perrito. Terminaba echándose resignado al pie del árbol, gruñendo, como presintiendo que la espera sería larga. En las ramas de los árboles, sobre todo en las más altas, mi peso y el viento las hacía mecer. Una simulación de oleaje y de agua de la que no quería desprenderme.

Al principio, las caminatas me parecían largas, hasta que me liberé del dolor de las cortadas y de las chancletas. La travesía que más me gustaba era por la playa hasta donde la señora paisana a quien la seño le mandaba bollo limpio y carimañolas. Era un encargo de unas tres o cuatro veces al mes. Me pedía que fuera rápido que los envueltos eran para el desayuno, y no te quedes conversando que esa doña es muy amable y no se puede abusar, ¿oyes?

Entregaba los envueltos y aprovechaba para hacer otras excursiones por la playa. Me iba hasta la punta donde la arena daba paso al manglar y recogía mucha basura enredada en las raíces. Basura flotante como observé cuando llegué donde la seño. Una vez encontré la carcasa de un televisor y lo llevé al solar. Lo puse frente al gallinero y me senté con el perrito a fingir que veíamos programas. Un chancletazo lo tumbó. El alarido familiar de la seño. El perrito con el rabo cóncavo de pánico.

Intenté agradarle: organicé el solar y le tejí con nudos de cirujano el espaldar a la silla mecedora. Cubrí con tierra las eras de yuca y le mantuve coco pelado para sus recetas. Me levantaba antes que ella a recoger el chinchorro. Lavaba los tiestos. Bañaba al perrito. Mi afán era hacer algo útil pese a la sensación de orfanato pobre que me rondaba. Nunca reviré ante sus caprichos: ve primero donde tal y no te metas por el camino de fulano, te me vas derechito para donde este o aquel. Hacía lo que ella quería: callarme, irme, traerle. No creo que nada la haya complacido.

En lo único que por esos meses le desobedecí fue en charlar con la paisana. Esa señora era muy diferente a las de punta Bolívar. Tenía un acento arrastrado, un poco parecido al de mi mamá, pero más cantado. Suave y cálido. Conversaba conmigo de cosas comunes como la lluvia o el calor. Habría sido grosero de mi parte rechazarle el saludo, el guarapo, los juguitos o los panes que hacía ella misma. A veces me daba galletas. A ella sí le recibía todo, aunque la seño no quería que yo anduviera hablando con la gente. Solía sonreír. Nunca pude imaginarla enojada o gritando o azotando los enseres de la casa, y menos a las personas. Si mi mamá no se hubiera muerto tan joven, habría sido como esa señora...

En esa casa había una panga amarrada a un almendro. No la usaban. ¿Usted no sale a pescar? Me atreví a preguntarle al tercer o cuarto mes de estar yendo. Y se rio gentil. No, no, no, yo no sé pescar, yo nací en una montaña en medio de cafetales, qué voy a saber esas artes, ¿vos sabés? Sí, señora. ¿No estás muy joven para adentrarte al mar? Tengo trece, seño. ¿Y te gustaría salir a navegar en ese pedazo de tronco? ¿No te da miedo? No, seño, la panga está buena. Ah, vos me recordás a Miguel Ángel. A él tampoco le daba miedo el mar. Siempre que veníamos de paseo, en las vacaciones, él se madrugaba a salir en esa panga. Se la dimos cuando cumplió dieciséis años. Eso sí, no pescaba como vos. Acá se aparecía con unas cositas así de chiquiticas dizque para el desayuno y yo apenas me carcajeaba porque más carne tendría una lombriz. De todas formas, le arreglaba los pescaditos y se los servía con arepa. No me perdonaba que no le diera arepita al desayuno.

¿Arepa de huevo? Le pregunté. No, no, no, arepa de maíz sancochado o de mote, me respondió sonriendo, ¿no ves que nos tocaba traer un montón desde Medellín para darle gusto? A mi mamá también le gustaba la arepa asada, le conté mientras dibujaba un círculo en la arena con la punta del pie. Pero el Capi prefería las arepas de huevo, entonces no le dejaba gastar el maíz. Jmmm, me imagino, suspiró. Se quedó mirando el círculo. Levantó la mirada a la panga y prometió que un día de estos me la iba a prestar. Cuando Aurora te dé permiso, dijo. No entendí muy bien porqué la seño tendría que darme permiso, pero no tuve más que decir. Me ilusioné con la sola posibilidad de volver a navegar.

Aparte de las conversaciones, ir donde la paisana me daba el chance de meterme al mar. La casa de ella quedaba como a un kilómetro de la playa de las caracolas. En esta parte el suelo del mar era de arena. Yo aprovechaba para nadar hasta muy afuera. Alcanzaba a ver a lo lejos el islote de las fragatas por donde llegué cuando el Capi me tiró del pesquero. Después de darme gusto haciendo contorsiones debajo del agua, me salía del mar con la sensación de haber sido feliz. En el regreso a pie se me secaba la ropa. Hasta que una vez me picó una aguamala en la espalda y la seño me pilló porque llegué llorando de dolor. Me zarandeó para todos lados iracunda. Me arrancó la camisilla de un tajo. Me hizo orinar en un cuenco y me echó los orines en el sarpullido. Se enojó conmigo porque hasta fiebre me dio, ¿y si te ahogas? Ajá, ¿si te ahogas?, cuánto te he dicho que no te metas al mar, no joda, gritó.

Le mandó a decir a la paisana que ya no tenía con quién hacerle llegar los envueltos. Y la paisana le respondió haciendo venir a una niña toda blanquita que hablaba arrastrado como ella: doña Aurora, mi abuela le manda a decir que si usted está de acuerdo y es para prestarles la panga de Miguel Ángel, como se murió hace más de un año, está ahí amarrada al almendro; que si la quieren usar para pescar… pues, para que Alea pesque y que ella le va a seguir encargando las cositas porque usted cocina muy bueno.

La seño le dijo a la niña que cuando yo estuviera mejor iba por la panga. Vete con cuidado, niña, y llévale esta papaya a tu abuela. Despachó a la pequeña con un asomo de ternura que le quedaba postiza. Luego refunfuñó, resopló, tiró un par de trastos. Se prendió su cigarro. ¿Ves lo que haces? Despertar lástima, ¿quién te dijo que podías decir tu nombre o andar amistando con la gente para la que yo trabajo? Susurró furiosa en mi cara al compás del humo. No me atreví ni a respirar.

Me propuse no volver a hablar más de lo preciso con la gente, sobre todo con la paisana que se pasaba de querida. Dos o tres semanas después, la seño me mandó a recoger la panga con el pretexto de que no me soportaba todo el día barriendo la misma tierra del solar, recogiendo las mismas hojas y lavando los mismos trastes, me los vas a romper de estregar tanto, no joda, y no bañes más a esa chanda que se le va a gastar el pelo. Tienes que coger oficio, servir para algo, ganarte los privilegios que te he dado, vete, anda donde la paisana y le recibes la panga y ni se te ocurra aparecerte sin pescado. ¿Tiene anzuelos, seño? Tshhh, que te vayas.

Corrí. El perrito me persiguió todo el camino. Salté. Hice piruetas como si fuera una estrella de mar. Él también corría rodeándome. El camino se nos hizo corto. Buenos días, doña, buenas, grité desde la playa. La paisana se asomó. Al rato salió con los remos y su sonrisa generosa. No quise recibirle nada de lo que me ofreció. Intuyó que era por orden de la seño. Supo que yo estaba feliz pues le recibí los remos de un brinco y le mostré los dientes en una mueca que no sé si era una risa bonita como la de ella. Era lo más parecido a la alegría que mi cara podía expresar. El perrito se echó bajo el almendro a jadear. Me encaramé a la panga y ensayé el gesto de mover los remos, hice con la boca chaz, chaz, chaz, imitando el sonido largo del palo en las olas. Ella se rio con mis monerías. Me gustó hacerla reír. Nunca tuve palabras para agradecer sus favores.

Mientras me veía aperar todo para echarme al agua, de pronto, me soltó una de esas preguntas que la gente no soporta guardar por más tiempo. La lanzó cuando jalé la panga hacia el mar, vio que me iba y que a lo mejor no tendría otro chance de averiguar su chisme: ¿Tu papá es el Capi, cierto? Asentí. Ah, con razón Aurora es así con vos. Es que, ¿sabés?, seguro sigue dolida por todas las que él le hizo. No le parés bolas. De todos los hijos él fue el que le causó, cómo te digo, más preocupaciones, ¿me entendés? Pero si no te quisiera con ella, no te habría acogido. Como es de fregada…

Por un instante me paralicé. Una ola levantó la panga y me golpeó la espinilla. Reaccioné. Seguí jalando. El perrito empezó a ladrar, corría de un lado a otro. Las palabras de la paisana eran peores que una picadura de aguamala. Me rompí como el día en que el Capi me lanzó del barco. Agarré los remos y me alejé bogando tan rápido como pude. Tal vez ella se dio cuenta de mi reacción porque se quedó pasmada en la orilla. Con una mano se tapaba la boca. Seguro no entendió qué hizo mal. Yo tendría que haber estado alegre con su favor y, en vez de darle las gracias, me marché apretando los dientes con furia para no berrear como un chivo huérfano.

Remé. Empecé a atar cabos, a especular, a idear razones. Maldita sea. Me brotaba una bilis amarga por dentro. Ignorancia de idiota. Para la seño yo era la más reciente afrenta del Capi. Adquirió sentido su sentencia: el lastre es mejor echarlo por la borda. Esa fue su expresión de bienvenida, y se repetía en mi cabeza con cada remada. Todo me pareció tan humillante, el arroz, el huevo, los mandados. La camiseta, el mocho y las chancletas gigantes al fin tenían dueño: eran del Capi. Cuánta aversión me explotó desde las tripas. Él me arrojó del bote sabiendo que llegaría donde la seño. Hice exactamente todo lo que maquinó, justo cuando creí que me estaba trazando mi propio rumbo. Remé con fuerza. Ira. Ferocidad. Remé hasta notar que no se oía la música del pueblo. No había barullos ni voces humanas. El perrito no ladraba desde la playa. Estaba lejísimos. La peña de las fregatas apenas me sirvió de faro a lo lejos. Había mucha corriente. Mis brazos no daban más. El cabo de la panga tendría unos seis metros. Lo amarré a mi pie y me tiré al agua. Primero me hundí hasta donde pude, solté el cuerpo y me dejé arrastrar debajo de la superficie. Un lastre arrojado al mar. A una atmósfera y media de presión y con el abismo azul sin fondo, no tuve nada más en qué pensar.

***

Me quedo mirando la pluma de agua de río León en el delta de ingreso a Nueva Colonia. La mancha café se diluye hacia un tono verde oscuro, una línea ocre y luego el verde menos turbio del mar. No se han mezclado del todo porque todavía las aguas no alcanzan a tener la misma temperatura. Los colores del agua se parecen a los de las últimas acuarelas que he hecho: como ya no tengo azul y me queda solo un poco de amarillo, café y rojo, los rasgos rubios, los labios, la piel, los paisajes de fondo, son sepia. Tierras tostadas de sombra. Cada uno de los tonos que mezclo termina pareciéndose al fango.

Aunque me levanté temprano, la llegada hasta aquí me tomó tiempo: arreglar el grillete, aparejar, apretar las tuercas más urgentes. Olvidar los enlatados de la caja y soportar el hambre con mi falso recato.

No puedo zarpar hoy. Todo se vuelve lento a pesar de mi afán: me confirma un remolcador que el canal está bajito en la entrada al pueblo y en la desembocadura. Pero si ayer llovió, hombre, le digo. Yo que vos no me porfiaba, andate en lancha, oís, o esperás un bongo. A las once baja el planchón, me dice. Con el balandro tendría que entrar a motor. El combustible es apenas suficiente para una emergencia. Debo volver a enrollar la vela y escuchar al remolcador. No creo que falte agua, sino que el exceso de sedimentos habrá mermado la cuenca. Tacos de basura, es todo. Los ríos envejecen. Imagino que será igual con los canales dragados artificialmente. Mientras más se acercan al mar, pierden fuerza. Van dejando memoria de materiales que arrastraron desde lo alto de la cordillera. Los sueltan por ahí, como cualquier anciano olvidadizo.

Espero en la desembocadura a que aparezca un lanchero y me lleve al pueblo. Le prometo que la próxima vez que baje a la bahía le traigo un retrato en acuarela de una hija, de la novia, de quien quiera, pásame una foto y verás, te la hago en sepia o toma esta, mira, es de una niñita en la playa, estilo foto antigua, dale, hombre, es que no tengo plata, le digo. Me enerva rogar. Poner esta cara lastimera. Y más a un tipo con semejante cadena de oro. Aborde pues, me dice apurándome. Al principio, siento vergüenza de que me lleve gratis, pero se me pasa pronto: en Nueva Colonia me doy cuenta de que tiene el viaje pago porque una mujer llena de corotos y muchas alhajas aguarda por él en el atracadero.

Camino cinco calles. Me toca esperar a que Ariel abra la tienda. Un vecino me dice que anda en las obras en Puerto Girón. Ariel es con quien hago trueques más justos. La acera hierve. Me recuesto contra la pared frente al charco eterno que por más regalías prometidas jamás tendrá pavimento. Un caño largo se adentra entre las hileras de viviendas en dirección perpendicular a la calle. Huele mal. Un chancho sale de las plataneras entre las casas y, en vez de atravesarlo, se regocija, se revuelca, se echa un rato en la mitad del caño a la par que una nube de moscas lo rodea. Que me haya parecido un mal olor delata que mi perspectiva todavía está domesticada. No tengo idea de qué es el paraíso.

Alea, pero mirá la sorpresa, me dice Ariel cuando se baja del mototaxi. Parece que le encanta el desodorante fino del científico porque me suelta a cambio dos kilos de arroz para sopa, panela, café, me encima una libra de fríjol caraota y corona su generosidad con un paquete de velas. Andá al mercado de Albertico y le decís que te entregue el queroseno, yo me encargo de pagarle, me sonríe de un modo extraño, me agarra un brazo, me soba la espalda baja, vos y yo cuadramos luego, cuando volvás. Me da risa pendeja. Ya no entiendo los gestos de malicia o de coquetería y no sé cómo responder. Gracias, le digo, gracias cada vez que habla, ¿qué más tengo que decir?

Gracias, catorce mil veces antes de que me obligue a pagarle el favor con partes de mi cuerpo que no quiero usar. La vez que lo hice no me gustó. Estaba joven. Nunca pienso en eso.

Regreso al desembarcadero. Me juego a la suerte de encontrarme con alguien conocido que me saque al delta. Pasa el mediodía. La gente almuerza, duerme. Por más dados que lance, no hay fortuna que obre en estas circunstancias. Tengo hambre. La comida que llevo debe cocinarse. Es una tortura haberme aprovisionado y no poder comer. El cuerpo es ingrato. Soporto mejor el hambre cuando el ayuno ha sido largo. Parece que, si como la noche anterior, en la mañana no soporto la fatiga, la ansiedad. Me da mal genio. Rabia.

La señora de los enyucados lleva un buen rato esperando por clientela. No seré yo, claro. Pero me observa con detenimiento. No disimula su interés o extrañeza. No sé. Al fin rompe el hielo: ¿querés uno? No, seño, gracias. No tengo plata. Yo no te pregunté si tenías plata, sino que si querías uno, me dice. A esta hora ya debés tener hambre. Vení a ver. Y estira su mano hacia mí con el enyucado envuelto en un pedazo de papel. Lo pruebo y emito un gemido de gusto, cierro los ojos unos instantes para saborear mejor. Rico, ¿no? Mis enyucados son los mejores. Sí, seño, el anís le sienta muy bien. Como que tenés buen paladar, me dice. Le respondo que es porque hace tiempo que no como dulces. La verdad es que el bocado me lleva a los dulces que mi mamá me hacía. El que más me gustaba era el «amor escondido», un par de galletas saladas con una tajada de bocadillo por dentro. Los envolvía en una tortilla de harina y huevo y los fritaba. Quedaban crujientes. El bocadillo de guayaba se derretía por el calor. Se pegaba a los dientes, como una melcocha. El sabor duraba en la lengua. Como un recuerdo que no se iba.

Muerdo el segundo bocado. No dejo caer ni una pizca de la capa de azúcar que traen encima. ¿Cuánto llevás sin comer? No mucho, seño, le digo. Anoche me harté de semillas de árbol del pan. Se carcajea. Tan diferente la risa de ella a la de Ariel. Eso no es comida, mirate esa flacura. Para mí que te falta pescado. Sí, seño, pero es que ya no hay. ¿Así que es cierto? Eso le escuché decir al hijo de mi primo que vive en San Pacho. Y yo le dije que eso era embuste, pero vos me lo confirmás y a vos sí te creo. Se cruza de brazos. Gesto serio. Vos estás muy joven, seguro no te tocó, pero hubo un tiempo en que hasta la bahía llegaban cantidades de delfines a diario. En cualquier época. Venían a comer porque imaginate pues cuánto pescado había. Fijate que yo crecí en punta Coquito, ¿sí? Y todos los días aparecían temprano. Los veíamos hacer sus rutinas de pesca. Cuando menos pensábamos desaparecían de la superficie y luego se armaba un alboroto, pescados volando por aquí y por allá. Los delfines los arrumaban desde lo profundo y así se los iban comiendo. Hasta los alcatraces aprovechaban. Se iban a eso de las tres o cuatro de la tarde, mar afuera, a buscar su refugio lejos del golfo.

Se queda un rato en silencio. Se arranca un uñero del dedo índice. Repara en sus manos, las observa y me dice que la artritis no le va a ganar. Todos los días me hago un emplasto de barro en la noche, cuando ya no tengo que cocinar ni andar jodiendo con el fogón ni asando enyucados. La yuca es dura de amasar, le digo. Mi papá nos crio a sus catorce hijos a punta de pescado, empata la señora un hilo de conversación que pensé que habíamos dejado atrás. Y ¿sabés?, él salía dos o tres horas, a remo, a bogar como se dice, se iba bien temprano antes de la madrugada y regresaba con su buen pescado. No tenía que pasar toda la noche en el mar, con tres horas era suficiente. Nunca necesitó motor. Él era fuerte. Ya ves, hoy en día todos estos pelados pescan con motor. Sin motor no tienen nada. Vos no pescás así, ¿cierto? Me mira fijo, hurgándome por dentro, como si yo fuera un pez al que hay que lavar. No, seño, le digo, yo pesco para comer, no más, al estilo de los viejos. Entonces vos si entendés lo que te estoy contando. Vuelve a callar un instante y se pone a organizar los enyucados en la canasta.

En fin, dice, mi papá regresaba apenas amanecía. El resto del día se quedaba en la casa con nosotros. Primero arreglábamos el pescado: el de consumo nuestro y el que iba a vender. Todo eso se despachaba por la mañana. Entonces había veces en que el tiempo nos alcanzaba hasta para sembrar maíz y yuca. Como mi mamá era una india tule, nos enseñó a hacer casabe, bollitos, a coser molas, y él nos mostraba cómo tejer la atarraya, salar el pescado y reparar la panguita. Venía siempre con animales bien grandes, era como una fiesta para nosotros, ¿sí me entendés? En cualquier parte del golfo se sacaba jurel, corvina, hasta atunes traía mi papá. A veces calaba un trasmallo. Lo dejaba toda la noche y al día siguiente había cuanta cosa. Eran trasmallos de punto bien grande. Así los peces chiquiticos no quedaban atrapados. Los pescadores les daban tiempo de crecer. Cómo te explico, la gente pensaba en el mañana. Que los hijos tuvieran comida, ¿ves? Para pescar pargo rojo sí se iban más lejos, hasta la parte honda. Se iban varios vecinos. Había que empacarles la comida porque eran faenas desde el anochecer hasta la madrugada. Pero esos hombres volvían felices. Daba gusto. Aparte del pargo, sacaban mero, sábalo, macarela, barbacora y unos róbalos grandes, grandes. Mamá hacía sancocho y las mayores que ayudábamos en la cocina comíamos hasta quedar piponchas porque sabíamos que al otro día se podrían pescar otros animalitos, y así. No teníamos miedo. Nunca sentimos miedo de no tener comida.

Dice eso y me clava la mirada otra vez. A vos te toca vivir con el miedo, ¿cierto? El miedo de no poder pescar nada. Que el mar te abandone a tu suerte, ¿verdad? Se te nota. Una espina me remueve las tripas. Ella tiene razón. A pesar de que yo culpe a los saqueadores o de que crea que sacando basura del fondo marino voy a enaltecer el pacto o que con él marcaré una diferencia, lo mío es miedo. No hay palabra más precisa que el maldito miedo: miedo a morir de hambre, pero más miedo a vivir las consecuencias del daño. Todos los que creemos que hacemos algo estamos solos.

Yo que vos me metía a una cooperativa de pescadores, insinúa como si tirara un anzuelo. No, seño, yo no sirvo para estar en esas asociaciones. Me pone la mano en el hombro izquierdo. Mirame a los ojos, si vos creés, te rezo el secreto. ¿Cómo supo que me lo zafé? Soy la vieja de los enyucados, ¿creés o no creés? Asentí. Decilo. Sí creo, digo sin saber del todo a qué le estoy apostando mi fe rota. Dos estrujones brutales de dolor en todo el brazo mientras ella musita nombres de dioses, santos y, de pronto, no hay dolor. Levanto el brazo, giros hacia adelante, atrás; todo en orden. Tomá, comete otro, lo necesitás. Y vuelve a romperme con esas palabras. Yo necesito. ¿Necesito qué? ¿Soy tan vulnerable? Desde las curaciones de doña Nimia hace más de cuatro años, nadie me había dado de comer para sanarme un dolor que no fuera una llaga o una torcedura.

***

Llegué de noche y sin pescado. Supuse que la seño me daría un guarapazo con un remo como mínimo. El perrito me recibió con su jolgorio. Ella ya se había acostado. No se levantó. Al lado del chinchorro me dejó un cuenco con arroz de coco y un pedazo de sierra frita. Ni siquiera pensé en irme. ¿A dónde? Comí porque el hambre se humilla sola. Le di el sobrado al perrito y me lamió los dedos. Colgué el chinchorro, me acosté y me puse a llorar como si tuviera ocho años. Creo que no había llorado lo suficiente por la muerte de mi mamá ni tampoco por el dolor que me causó el Capi toda la vida. El perrito chilló conmigo. Se encaramó al chinchorro y me rayó con las garritas consolándome. Nos acurrucamos. Un par de mamíferos listos para hibernar.

No dormí bien. Antes del amanecer me fui a la playa a ver si conseguía un anzuelo, cordel, algo de carnada. Entre varios pescadores me dotaron. El más viejo me dijo que a unos cien metros más allá de la peña me iba a encontrar un canto, que ahí estaban los arrecifes vivos. Ese arrecife fue generoso conmigo por mucho tiempo. Durante varios meses llevé suficiente pescado donde la seño. Había bonito y sabaleto. Muchos peces loro. Cuando los sacaba los devolvía. Pasaba igual con las isabelitas. Eran pequeños y no tenían casi carne.

Me acostaba tarde luego de lavar todo, recoger, limpiar. Me levantaba hacia las cuatro de la mañana. Me iba en la panga a cuanto lugar podía. Descubrí varios sitios donde fondear.

Solo me asustaba que me embistiera una lancha rápida mientras hacía la inmersión. Los ojos me quedaban vueltos trizas. Alcanzaba a disfrutar de los colores, de la temperatura cálida. La estancia en el abrazo del agua. Pasaba muchas horas lejos de la tierra. Con eso era suficiente.

Una mañana, mientras arreglaba el pescado, la seño se acercó. Toma, y alargó la mano sosteniendo una foto. Era ella rodeada de sus hijos, incluido el Capi. Todos estaban jóvenes. La miré con la antipatía con que ella se dirigía a mí. Ya ves, ahí tienes tus respuestas. Seguí sin hablarle, solo mirándola. En la foto tiene dieciséis, casi como tú. Nunca le gustó ir a la escuela por estar en el mar, dijo. Volví a concentrarme en arreglar el pescado. Ella no se fue. Quería hablar de él, decirme lo parecidos que éramos.

Habló por no sé cuánto tiempo. Yo seguí con mis labores y mi odio. ¿Obra de qué conjuro, se volvía ahora narradora una señora que me hablaba estrictamente lo necesario? Me persiguió como una sombra para asegurarse de que la estaba escuchando. Me narró la historia del Capi de forma que parecía que un misterio requería ser develado. A lo mejor supuso que le encontraría sentido contándomela. Pero no era así. La historia era común y ruin, como la de cualquiera. Fácil de reseñar. El Capi también fue joven. Como muchos jóvenes del pueblo tuvo un ideal: quería mantener limpias las playas. Él fue el que trajo ese montón de desechos al solar. Por fe. Creía en que las personas del litoral podrían hacer la diferencia, que se hermanarían con él en la causa. Cualquier día se cansó de la pobreza, de la escasez, de la desidia de los otros. Perdió al dios. Abrió los ojos a la realidad del mundo. No despejó más basura de las raíces del manglar ni de los cuerpos de los peces y dejó de cuidar los nidos de las tortugas. Se largó a trabajar con las empresas vikingas que lo iniciaron en un nuevo testamento. Se hincó ante las redes de arrastre. Le entregaron su propio barco. Hubo tripulación, combustible y un pago fijo.

Descubrió que nunca fue cierto que el océano hubiera necesitado de él y su insignificancia. Confirmó que había mucho qué saquear y pocas prohibiciones legales que requirieran respeto. Se regocijó en su sed, en su hambre insatisfecha. Trazó un rumbo lejos de la madre recia, del solar, las cocoteras, el aljibe y las yucas. No volvió en más de cuarenta años, ni siquiera a presentarle a su prole. Un dolor que no se perdona. Ella sabía que ese era el pesquero del Capi. Estaba al tanto de cuántos hijos tuvo y cómo nos llamaban. Se enteró de la muerte de mi mamá y se ilusionó con que él vendría por una dosis de consuelo. Pronto se bajó de la nube, dijo, porque el abandono es para siempre. Un día vio el pesquero y un hálito de emoción se produjo. Llegué yo en vez de él. Malhaya suerte. Todo se sabe en las riberas del litoral, musitó con el humo cercándole el cabello, paisana maluca, vieja metiche esa. Tanto la seño como yo habríamos preferido ignorarnos.

***

La navegación por el canal de Nueva Colonia hasta río León y de allí hasta la desembocadura no dura más de veinte minutos. Tengo que ganarme un pasaje estibando carga en tres bongos. Busco a la señora de los enyucados entre la gente que a esta hora está en el puerto y ya no la veo. No recuerdo haberle agradecido lo suficiente por componerme el hombro.

Trabajo sin dolor. Un regalo invaluable. Oí, vamos a tener que bajar a puerto Girón, me dice el lanchero. Es un conocido. No por ello va a llevarme sin cobrarme el viaje. Levanto los hombros en señal de no me importa. Otros veinte minutos más o menos no harán diferencia.

Mirá, ahí quedaba Maderas del Darién, señala un claro en la ribera. Me cuenta que un tío suyo estuvo entre los fundadores del caserío en 1945 y que veinte años después llegó el aserradero. El caserío se llamaba Bodegas. Supongo que era por la cantidad de madera que se apilaba esperando por transporte. Me dice que le tenían cierta estima a un señor de apellido Girón y por eso el nombre cambió en honor suyo. Treinta y tantos años estuvo ahí el aserradero. Echamos raíces, explica el hombre. Lo escucho sin responder ni asentir. Imagino a la gente arraigándose a la tierra mientras talan las raíces de los árboles. En todo caso, nadie puede dictaminar que el río no les pertenece o la selva o las lluvias. El territorio es suyo. Me dice que los funcionarios de las unidades de protección étnica informaron, en cada ocasión que los visitaron, que los negros de Puerto Girón no eran negros. Así haya leyes que los amparen para reclamar la posesión de sus tierras, más de cuatro mil hectáreas ya fueron entregadas a particulares. Me da los datos precisos, con nombres de personas que no quisiera haber escuchado. Hace una lista de los muertos, la gente que por años se opuso. De ellos tampoco hubiera querido saber. Me dice que los títulos que entregaron son los de los terrenos más importantes para la construcción del puerto.

No debe ser fácil pasar de apilar madera de tagua y teca a cuidar contenedores, aunque paguen mejor por este oficio, pienso. Con una mano en el timón y la otra zarandeándola como una bandera de guerra, continúa: con qué agua van a lavar los contenedores y las bodegas. Qué van a hacer con la mugre que llegue con todo ese tráfico. ¿La van a empacar en un buque? No, esa va derecho al río y al mar. Luego viene el silencio.

Hace rato no me adentraba por el canal. La barriga me cruje, mierda. De nuevo la sensación de dolor en la boca del estómago. Huele a gasolina y a madera en descomposición. Él atraca, habla con unas personas, les indica dónde poner sus cajas y se embarca. El retorno es apacible, contrario a cómo me siento, no solo por la náusea del hambre, sino porque suelo evitar a la gente para que no me contagie sus heridas: hago la proyección de la cantidad de buques que ingresarán a la bahía con sus vestigios de combustible en las aguas, en el aire. Imagino a los funcionarios tranzando aquí, allá, sumando ganancias en una calculadora sin tope en los números. Quizás el golfo agoniza. Pero aún está vivo. Habría podido volver a ser un estuario, como antes. En vez de eso, una sentencia lo amenaza. Un caracara chilla en lo alto de una copa. Nos sobrevuela. Lo observo hasta que se posa en un sande. No sé por qué siento esta furia.

El motor es como una cigarra artificial. Trato de apaciguarme mirando hacia la ribera oriental del río. La llaman La Isla porque la cercan dos ríos y, en la bahía, el mar. Es un parque regional de reserva. Se ven iguanas e hicoteas. Algunos parches de oreja 'e mula y lechugas de agua entre los arracachales de la orilla. La isla está cubierta de vegetación nativa. Alcanzo a ver a una familia de monos aulladores perseguirse entre las ramas. Adentro debe ser todavía un refugio para titís, capuchinos, guacamayos. Mientras más los contemplo en esa exuberancia de los territorios clausurados para las personas, más ira me da. Siento que el corazón se me va a salir como cuando uno se apresta a una pelea. Un gesto contenido previo a la rabia. Tengo ganas de llorar de la ira. Quiero soltar un golpe, no sé, lanzar un arpón al aire, escupir vidrios: el viaducto para evacuar los contenedores del puerto cruzará por La Isla. Será una donación del parque al bien común. Luces, decibeles de ruido y emisiones, día y noche. Riqueza nacional. La protección es de papel. Un papel que sirve para ilustrar mangles y hacer barquitos.

Regreso al bote casi a las cinco de la tarde. El lanchero me premia la compañía con un cuarto de racimo de plátano. Armo una línea de pesca por si acaso algún pez cae. Hago una sopa. Me siento a estribor para ver el sol morir. Nunca me he encontrado con delfines en esta parte del golfo. Hacia el norte sí, pero fue por un evento muy raro. Una desorientación quizás. Era solo un puñado. Lloro de rabia. Pienso en lo extraño que es haber nacido en estos días de sombra. Ver cómo tantas especies no regresan, desaparecen de nuestra vista sin que la gente las eche de menos. Voy a estar ahí cuando se incendien los bosques y se calcinen sus animales. Me acompaña la premonición de que veré el cinturón de fuego arder, los días de ceniza, los organismos asfixiados. La sequía sin precedentes, la subida del nivel del mar, la hambruna de los seres vivos. Llega una noche tras otra sin pescar nada: no importa el hambre que tenga, ese miedo está en segundo plano. Mi único dolor, este pavor que no se cura, está en el pánico que siento de que los peces no estén ahí donde deberían estar. Quizás ya no están en ninguna parte.

CANTO

Falta poco para que sea de noche. Antes de que oscurezca preparo un puñado de fríjol caraota y café. Vuelvo a posar los ojos sobre la carta. La leeré mañana, de día. Ya tuve suficientes conversaciones por hoy. Procuro no prender la lámpara a pesar de que traje queroseno suficiente. Cada cosa debe ser tratada con austeridad, con sentido del ahorro. Si no tendría que estar arribando a cada pueblo a rogar intercambios que la gente hace por plata, no por pescado ni retraticos de acuarela. La bahía es silenciosa. No hay habitantes humanos en las riberas. Solo se escuchan aullidos espectrales. Reconforta saber que en La Isla, en la selva, entre los manglares, aún viven bestias libres.

Intento dormir temprano y no puedo. Cada hora que pasa me arrebata un lapso de descanso que necesitaré para abandonar esta parte del golfo. Ensayo meditar, pero los motores de las lanchas rápidas a estas horas de la noche alejándose a toda velocidad son espeluznantes. Hay que hacer como que no están. Es el único ruido que quisiera apagar del todo. Mi insomnio es una raedura en la cabeza. Invoco alguna escena fantasiosa a ver si las ensoñaciones me desconectan: suelo imaginar que permanezco en el fondo marino sin tener que respirar. Estupideces. Ideas que se quedaron conmigo a pesar de las más de tres décadas que sumo en años. A veces me imagino que vuelvo al solar donde viví con mi mamá. Fue por tan poco tiempo. La pasábamos bien en isla Fuerte. Me echaba mucho jabón azul en la cabeza y se ponía a sacarme los piojos con una peinilla de dientes cerrados. La golpeaba en una funda de almohada blanca y caían los animalitos borrachos de jabón. Ella clasificaba los piojos por tamaño y decía que las liendras eran las preñeces de los piojos, los huevos. Para mí solo había diferencia en el sonido que emitían al aplastarlos con las uñas de los pulgares. Tlac. Tlic. Me recorría por la espalda una corriente eléctrica con cada bicho abatido. ¿Haberse alimentado de mi sangre los habrá hecho mis hermanos? Dormito en recuerdos ociosos.

La vela aletea con la brisa. Como no está tensada emula un látigo. Empiezo a cabecear y de pronto el restallido irrumpe. Tal como anoche, siento que deliro en vez de dormir. Esta vez sin hombro desgarrado: me lo curó esa doña. Me sanó con enyucado y anís. En los intervalos de silencio, vienen a mi mente mis hermanos. Veo a Cantil tratando de cortar una enredadera que crece y crece hasta devorarlo, y a Terrón jugándose a una mujer en el dominó: con cada ficha puesta, una pared cae sobre él. Es casi como alucinarlos, adentrados en el continente, rodeados de montañas y polvo, hormigas sin clan. Solos, como yo. Ya no hay lluvia ni sudor ni tuve que embutirme la comida para ahogarme. Tampoco ando desvaneciéndome en las suposiciones sobre la encomienda del científico. Las horas pasan y uno se vuelve inmune a la curiosidad o a las ansias. La indiferencia gana terreno; ventaja para mí.

Han transcurrido varias jornadas en las que he dormido poco o nada. Dicen que el insomnio enloquece. Me gustaría ser como los delfines que no duermen y, sin embargo, parecen comportarse a la altura de los depredadores. Solo desconectan medio cerebro. Si soñaran, no podrían distinguir entre la realidad onírica y la concreta. Una suerte de locura. Muchos tiburones no tienen espiráculos, así que deben nadar para respirar. Si se quedan quietos, mueren. Dormir para ellos debe ser como un suicidio. Otra especie de locura. Hace muchos días me acuesto y no dejo de dar vueltas en la cama: un tiburón blanco. Como si el cuerpo no tuviera derecho a reposar. Otras veces estoy todo el tiempo soñando a medias: me despierto al patear el vacío o saltando de vértigo y pánico. En noches así vivo en la mente de un delfín y en el cuerpo de un tiburón. A veces chillo.

Clarea cuando menos lo espero. Otra vez. Siento el peso de la noche en los ojos, pero me alegra poder zarpar. Alisto lo que hace falta y levo ancla definitivamente. Navego a una velocidad de entre cuatro y cinco nudos. Hacia el mediodía he recorrido poco más de veinticinco millas náuticas por hora, casi cuarenta kilómetros de ribera. Calculo porque ya no le creo mucho a los instrumentos del bote. Tampoco son importantes los datos exactos. No estoy en altamar. Me guían el relieve del litoral y los bancos de arena que todo el mundo conoce cerca de las bocas del río. Sobrepaso la isla de los Muertos hacia las once de la mañana y supongo que a eso de las dos de la tarde estaré frente a punta Caimán, en bahía Ceverá. Falta una hora, más o menos.

Reviso el anzuelo que dejé amarrado para trolear. Ni siquiera me extraño al no ver nada prendido en él. Cerca al delta uno podía encontrar barbuditos de agua dulce, pero ya ni eso. Sopeso si seguir bajo el imperio del ayuno o, con el descaro que me caracteriza, comerme los enlatados de bogavante hasta llegar a cabo Tiburón. Allí seguro podré pescar. Es mi esperanza. Dicen que los navegantes solitarios sobreviven muchas veces a punta de fe. Después de estos años creo que sí. Uno va trazando un sinfín de supersticiones y fetiches que enlazan las estrellas, las nubes, el viento, la pesca y los propios errores. Tengo la intuición de que, al volver al cabo, un nudo que llevo conmigo va a desatarse. Quizás se apriete más. No sé. Lo cierto es que una hipótesis infundada guía la ruta. Una suerte echada. El giro de un dado de hueso.

Comienzo a sentir la fuerza del mar de fondo del Atlántico: es un oleaje que viene de las profundidades del océano y pega de lleno. No hay un litoral o una barrera que lo amaine. Sacude el balandro con fuerza cuando voy surcando la parte ancha del golfo. La corriente alisia es casi permanente en esta época de fin de año. Las lluvias también. Las olas tienden a golpear a babor. El viento sopla del norte, la vela mayor se iza de frente a él. El chorro de aire la infla y empuja el barco en diagonal.

Es más labor para mí cuando me toca navegar con viento en contra, en zigzag, porque la corriente viene casi de frente a la proa: la vela se alterna de babor a estribor para avanzar en dirección noroeste. Seguro mañana el viento pegará en la aleta de popa. Podré maniobrar a sotavento. En fin. Me entretiene jugar. Pasan las horas entre soltar el palo horizontal, amarrarlo del otro lado, enganchar la caña del timón para no perder el rumbo. Me paro en el borde contrario hacia donde se ladea el bote y me cuelgo de un cabo para enderezarlo. Dizque hacer contrapeso. Es gracioso. Con mi esqueleto categoría mosca no hay mucho beneficio en el malabar. Lo hago porque el científico me enseñó así. Corres mucho riesgo cuando dejas que un velero se incline tanto, decía. No es mucho lo que puedo hacer, solo sudar.

No siento hambre cuando juego a la navegación. Tengo el cuerpo alerta, tenso. Me vuelvo insensible para notar algún atisbo de dolor o cansancio. Mis huesos son del barco. Mis músculos, mi sangre. Cada tendón es un aparejo más. Las cuerdas, una extensión de mis ligamentos. Si acaso tengo un alma, va enganchada al extremo de la proa apuntando a las olas. Nos volvemos un solo mecanismo.

Llego en una hora como calculé. Tan pronto fondeo en la bahía, hago planes. Montar el café, hacer patacones, calentar los fríjoles que me quedaron de anoche y engullirme uno de los enlatados. Miro hacia la playa: las cocoteras están repletas de frutos. Me animo a ir por unos cuantos antes de ponerme a cocinar. Se me hace agua la boca de solo imaginar una lechita de coco. Un arroz encocado. Aceite. Con el ripio podría hacer cocadas para la travesía de mañana.

No lo pienso más y me lanzo al agua. No hay muchos pobladores en Ceverá. La mayoría vive en El Roto y El Rotico, al sur; unos cuantos al norte, en Tarena. Algunas ramadas para arreglar pescado; huellas de hogueras y unas lanchas atracadas a lo lejos. No tendré problema en llevarme los cocos que quiera. Traigo conmigo un costal de fique y el cuchillo. En la playa espero a orearme mientras escojo la palmera a la que me treparé. Están tan cargadas que de tajo bajaré al menos quince o veinte. Subo. La vista desde lo alto me permite avizorar que ya viene la lluvia. Apuro la tarea. Tiro tantos cocos como puedo y recojo algunos ya caídos. Esos casi nunca tienen agua, pero la pulpa es de sabor más acentuado, por eso me gustan.

Amarro el costal y ato la driza a mi cintura con una holgura suficiente para patear bien. Por fortuna los cocos flotan. Así han viajado por las corrientes marinas del mundo entero. Ya no se sabe con certeza de dónde son originarios. Cada coco será una palmera en el futuro. Cómo no traerlos conmigo si son semillas navegantes.

Me acompaña el aguacero de regreso al bote. Mientras nado, empiezo a sentir el costo del trajín del día. Ahora sí tengo hambre. Agotamiento. Es como si de pronto se me creara un vacío por dentro que me succiona las fuerzas. O como si una bestia atemorizada se despertara con la única misión de azararme y atormentarme con un hambre más suya que mía, sus pesadumbres, sus miedos. Llueve más fuerte. Me animo con cada brazada: el balandro está cerca. Cuarenta metros, cincuenta. Voy a refugiarme, llegaré pronto, haré café, patacones, haré un poco de… mierda, trago agua, la mareta aumenta su fuerza, me duelen las articulaciones, no voy a llegar a la barandilla, ¿qué me pasa? Pienso en mi muda de ropa seca, la cama, un rincón cálido. Los cocos me lastran. Mis brazos tullidos. Me arden los ojos. El agua es muy salina en este lado del golfo. No veo nada. Siento el puente de la nariz pelado por la sal. Acá sigo, todo está bien. El peso es brutal. Voy a soltar los cocos. No puedo agarrar el nudo en mi cintura. Recuerdo el esfuerzo que hice para trepar la cocotera. Leche de coco caliente, qué rico, ya casi, sí, pronto, sigo en la superficie. No hay nadie que me ayude. Me hundo. Tengo que nadar, tengo que nadar.

***

La seño me contó que era la mamá del Capi: no dijo nunca que yo fuera parte de su familia ni me trató como extensión de su linaje. Él y yo éramos dos objetos de una misma casa. Una escoba, un lavadero. Cosas de clase distinta que coincidieron por azar en un espacio. Una más importante que la otra, claro. El vínculo entre nosotros se reveló solo aquella vez en que ella me dijo que yo era igual a él. Una alusión sin sentido para mí en ese momento. La vieja era jodida. Según ella, nos unió un basurero: todo eso que él tiró en el solar y yo organicé. ¿Cómo podía compararnos? Me empeñé en ser tan diferente como pude. Juré que pescaría solo para sobrevivir. Le prometí a los suanes que no cortaría un solo árbol para levantar mi casa o barrenar una canoa. Hice mis votos frente al mar de sacarle los desechos que pudiera. No imaginé lo duros que serían conmigo mis propios juramentos.

La historia que la seño me contó el día de la foto no cambió nuestros modos: vete, lleva, trae. Tshhh. Sí, seño; no, seño. Los monosílabos determinaron la extensión de mi vocabulario. Transcurrieron cuatro años así, pasando casi todas las horas del día en la panga. El perrito navegaba conmigo, le gustaba el agua. Íbamos juntos a todos lados. Ella no podía quejarse, le traía pescado a diario y hacía sus entregas a tiempo. Renegaba porque le había quitado al perro, ajá, quién va a cuidar la casa, no joda, decía. Pero luego le lanzaba agua caliente para echarlo de la cocina: pasa, chanda; vete, estorbo. El perrito y yo vivimos emparejados una misma historia. Quién puede entender una vida humana mejor que un perro. Nadie.

Procuraba desplazarme por el mar a donde quiera que ella me hacía ir. El perrito chillaba cuando me iba a fondear, pero luego enmudecía al notar que había algún pez entre los corales. Ambos nos poníamos al acecho. Eres un buen grumete desde que aprendiste a subirte a la panga, le decía. A veces nos tocaba caminar. Él se ponía al frente como si fuera mi estandarte y mi defensa. Una señal de libertad y de conexión entre mamíferos. Tenía la mandíbula y los bigotes blancuzcos de canas. Cuando menos, pensé, estaba viejo.

Una mañana la seño nos mandó donde una prima suya. Tuvimos que cruzar el pueblo a pie en dirección contraria al mar, tierra adentro. Caminamos más de una hora. Jadeábamos de calor. Al fin vimos un rancho rodeado de potreros y moscas. Era ahí, Villa Lucía decía un letrero. Un muchachito se asomó cuando los perros de la casa salieron en jauría a perseguir al mío. Después de tanto tiempo compartido ya era mi perro. Mi perrito sin nombre. No sé por qué nunca le puse un nombre. Yo solo me dirigía a él, oye, ven, y él me hacía caso. Una mirada, una señal con la mano o con la cabeza. No necesitábamos muchas palabras.

Lo corretearon por la carretera en medio del polvo. Dejé el paquete en la entrada y los perseguí. Grité, les tiré piedras. Intenté alcanzarlos. Él trató de perderlos en el potrero, pero fue peor. A lo lejos vi cuando lo agarraron a mordiscos entre todos. Mi perrito chilló. Nunca lo había oído aullar así. Cuando por fin la prima de la seño salió y llamó a sus chandas, mi perrito yacía entre el pasto, lleno de babas y sangre. Me trepé al envaretado y salté. La camiseta se me enganchó en un clavo oxidado y se rompió. Ya voy, perrito, le dije. Berreó todavía más al cargarlo. Estaba roto. Fui hacia el portón. Había boñiga por todas partes. Tomé el camino de regreso mientras la prima me decía que si quería beber agua, ven, no te vayas así que te vas a deshidratar, oye. Yo solo quería volver a la casa con el perrito, curarlo, hacerle emplastos y darle sopa. Lloramos todo el trayecto. Iba temblando. La lengua le colgaba a un lado de la boca. Tenía un hoyo enorme en el cuello, huecos de colmillos en las paticas, las orejas. Perdió mucha sangre.

La seño me recibió a golpes e insultos. Nunca solté al perrito. Me dijo que tenía que sacrificarlo por mis propios medios, si tú te lo llevaste, ahora responde, ¿no ves que esa chanda está herida de muerte? ¿Quién lo va a curar? ¿Tú? Malhaya sea la hora en que te vi nadar hasta aquí. Y me zurces esa camiseta, carajo. Me sacó a empellones. Fui con el perrito a la coquera donde él me lamió las heridas. Me senté otra vez de espaldas a la tierra. ¿Cuántos peces había sacado del agua? Hice un inventario. Hasta este momento no me había preguntado por el dolor del sacrificio. La panga era un matadero. ¿Qué diferencia había ahora? ¿Por qué no tenía agallas para liberarlo a él de semejante dolor? Le susurré que no era capaz de lastimarlo. Te quiero, le dije. Te quiero más que a nada en la vida, perrito. No tengo a nadie. No me hagas esto. No puedo matarte. Perdóname.

El perrito solo dejó de jadear. Me liberó de tener que matarlo. Soltó todo lo que tenía en las tripas encima de mí. Me lo merecía. La peña estaba cundida de fregatas. Glándulas rojas inflándose arrítmicas. Había poca brisa. Un cangrejo curioso se acercó atraído por la sangre. Intentó atenazar una garrita del perro. Lo eché. Estábamos de luto. Me acurruqué en la cocotera con él en brazos hasta que se puso frío. Luego lo subí a la panga y le limpié la mierda, la sangre, las babas, mis mocos y lágrimas. Hizo un sonido fantasmal cuando le estiré las patas. Había aire en su cuerpo. A lo mejor expulsó el alma con esa exhalación. Yo también me lavé. Como a un buen marinero lo llevé más allá de los cantos del arrecife. Amarré la cuerda de la panga en mi tobillo, otra vez. Me hundí con él de regreso al agua. Lo solté. Lo devolví.

Quizás la diferencia entre matar peces y sacrificar al perrito parecía insustancial, pero era cierta: la distancia era el amor y este fue un peso que yo no pude medir desde entonces. Estuve deambulando en la panga por semanas. Apenas si volví a encontrarme con la seño. Salía a pescar antes del alba. Empezando la mañana ya estaba de vuelta. Arreglaba el pescado y lo metía en una olla para que ella más tarde preparara el almuerzo y la comida. La seño se levantaba tan pronto me iba a pescar. Hacía los bollos, las cocadas. Cuando yo volvía a las ocho o nueve de la mañana, ella ya estaba de regreso en su cama. Tal vez se hacía la dormida. Me dejaba una serie de paquetes con los envueltos. A veces incluía un desayuno para mí. Por esos días tuve la impresión de que la seño estaba más triste que de costumbre. Más amarga. Una sensación me perseguía a ratos: me escaldaba una voz por dentro que aseguraba que yo debía acercarme a ella. Entonces me metía al mar. Todos los atisbos de culpa desaparecían en el arrecife. Me iba a hacer las entregas y aprovechaba para comer coco, papaya, mango, níspero, zapote o aguacate, según la cosecha. El resto del tiempo era mío. Sentí que podía seguir viviendo así, sin familia, sin lazos.

Un día, al regresar de la pesca, un velero había atracado a unos metros de distancia en los bajos de coral frente a la playa de las caracolas. Me detuve a mirarlo. No había estado tan cerca de uno. Imponente. Sobre una línea roja, en letras negras, estaba escrito Leda María. Había oído decir que era de buena suerte ponerle nombre al barco. Un bote sin nombre estaba mal predestinado. Cargaba su sino. Llegué a la playa, amarré la panguita al lado de un kayak que no vi antes, debía ser del patrón del barco. Me quedé un rato pensando en cómo nombrar la panga. Perrito. Anzuelo. Letrina. Canoa. También recordé nombres como Terrón o Cantil. Un dolor se me clavó en los pulmones. Ignoré el zarpazo de la melancolía imaginando cómo se reirían de mí cuando me escucharon gritar por auxilio desde el agua y me vieron chapucear y manotear en pánico tan lejos aún de la peña. Los vi apoyados en la popa, mirándome indiferentes, mientras seguían rumbo a punta Berrugas. Ni siquiera Terrón, que era el que a veces trataba de cuidarme como un hermano mayor, vino a buscarme. Durante los primeros días con la seño, quise creer que el Capi los habría obligado a no volver, pero pasados los años, sus nombres, sus rasgos, sus juegos bruscos, perdieron familiaridad. Sus olores desaparecieron con el baño de ese día. Miré detenidamente la panga. El inventario de nombres fue corto. No poseía muchas palabras conmigo y menos de buena fortuna. Las mías decían cosas simples, señalaban. La única palabra diferente era mamá, pero ya no tenía valor.

Oí voces y jolgorio en la casa. La voz de un hombre resonaba hasta la paja del entechado. La seño hablaba duro. Reía. Carcajadas sonoras como cacareos. Me gustó escucharla quizás por la novedad de su risa. Seguí directo al lavadero para arreglar el pescado. Entré a la cocina a lo de siempre: disponer la olla, llevarme los envueltos. Ella no había hecho cocadas ni carimañolas ni bollos. Iba a salir sin hacer ruido cuando la seño me llamó. Ven, ven acá, toma, desayuna. El hombre me miró con sorpresa, los ojos expresivos y el gesto sonriente. No preguntes, lo interrumpió la vieja antes de que él inquiriera por mí, luego te cuento quién es. Estaban bebiendo ron. Me entregó un plato generoso como nunca. Me compartió suero, que para ella era un artículo de lujo. Me quedé viendo el plato, tanta comida, ¿de dónde? Todos los encargos que yo entregaba en el pueblo parecían estar ahora juntos en una sola vianda. Ella me miró de tal modo que entendí que debía irme. Gracias, seño.

Estaba temprano. La barriga se me iba a estallar de saciedad. Qué iba a hacer el resto del día si ya no había que repartir los envueltos, me pregunté. Regresé a la playa de las caracolas. Al rato me eché mar afuera en la panga. No pude evitar detenerme frente al barco otra vez. Era precioso. Seis o siete metros de largo. El casco de madera. Leda María: ¿quién sería esa? ¿Cómo era por dentro un velero? Era nueva esta curiosidad que no había sentido por los objetos humanos. Casi siempre mis dudas estaban dirigidas a cosas como por qué se formaban en V los alcatraces o de dónde sacaban las salamanquejas la fuerza para cantar tan duro o cómo recordaban las tortugas dónde habían desovado. Clavé el remo en el agua para despertar del sopor y animarme a seguir. Pensé en mi perrito. Ir a los cantos sería como visitar a un amigo en el cementerio. Reposé otro rato más cuando llegué al punto donde se lo devolví a la madre oceánica y me hundí.

Nadar se me hizo difícil. La llenura era inusual. Tenía el cuerpo pesado. En la primera inmersión vi una forma llamativa en el fondo. Respiré profundo y bajé. Era una especie de hacha. El mango estaba hecho de madera y la parte del filo, de una piedra blanca o quizás de concha, no supe. Ambos materiales se veían porosos. Lo cierto es que era un artefacto humano. Me hundí de nuevo y me puse a remover la arena del cantil. Me estaba quedando sin aire cuando alcancé a distinguir una cosa redonda enterrada. Descansé y volví a bajar. Era una vasija. Solo conchas en su interior, pero estaba ahí, en el mar, y yo la había encontrado. Abordé la panga feliz con mis tesoros. Mi mamá decía que a eso le llamaban guacas o entierros. Serían restos de un naufragio, tal vez. Mi hallazgo marino.

Vagué otro rato. El hombre estaba parado en la coquera mirando hacia el mar. Me hizo una señal de saludo con la mano. No respondí. Me intimidó su amabilidad. Todavía me encontraba lejos de la costa. Al regresar a la playa no había nadie. La casa también estaba sola. Lavé el hachita y la vasija. Los puse al sol. Me eché agua dulce y entré en la cocina para sacar una camisilla seca. El chinchorro no estaba donde lo dejé. La botella de ron, vacía. El pescado sin fritar. Un maletín abierto y varias camisetas extendidas sobre la butaca. Me fui al solar a buscar limones para preparar el jurel y el bonito que había traído en la mañana antes de que el calor los malograra. En medio de los matarratones, alcancé a ver que en mi chinchorro dormitaba el hombre. La seño, recostada a un tronco, sostenía otra botella a punto de derramarse en la tierra.

***

Sin ser una tormenta, la lluvia se desata al punto de anular toda visibilidad. Me desorienta. El agua salpicando en la superficie, el espectro de una bruma espumosa en la cara, la sal, el costal de fique sigue amarrado a mi torso. Todo suma a la zozobra, a la sensación de que me pierdo. Tomo aire y detengo mis intentos de brazadas y patadas inútiles. Me suelto y me dejo hundir. No lucho. El cuerpo me queda suspendido tal vez a un metro y medio de profundidad. Mi mente se empeña en regresar al día en que el Capi me lanzó del pesquero la primera vez. Ese día entendí mi espacio; este regresar cíclico. El agua no es de tonos ultramarinos como aquella vez en que me sumergí con los ojos abiertos y pude ver los azules desvariando en formas y degradaciones. Es gris y blanca. No está turbia sino llena de burbujas, oxigenada por cada gota que cae de lo alto, por la mareta, por mi propia percepción de que no hay una sola corriente, sino muchas. Mis manos abiertas se menean al antojo del agua. Miro hacia el fondo marino y me parece ver al científico con su traje de buzo experto, el tanque en su espalda, las aletas deslizándose en la columna de agua fría, los brazos abiertos abarcando los corales. Ya no sé si estoy en cabo Tiburón, en Ceverá, en punta Bolívar. Alucino con que fondeamos juntos en el canto donde encontré el hacha, la vasija, donde devolví a mi perrito. La luz de la superficie. Vuelvo el rostro hacia arriba. La quilla del barco es fantasmal, pero está ahí, cerca. Discurren el tiempo y el aguacero. Un primer espasmo en el diafragma me sacude y me hace buscar aire por instinto. Nado, de algún modo.

Alcanzo la banda de estribor. Toco la madera como si fuera un talismán. Me adhiero a ella igual que los gusanos perforadores de los barcos y los muelles. Corroboro que no es un espejismo. Subo al bote con el agotamiento de haber nadado mil metros. No comprendo qué pasó. Estuve cerca de ahogarme. No creí que fuera tan fácil morir en el mar. No es posible que sea tan fácil. Debería ser por una catástrofe, un conjunto de errores, por negligencia, no sé, algo grave. Lucho contra las evidencias. Casi me ahogo sin haber hecho nada diferente a lo que suelo hacer: nadar bajo la lluvia, nadar para comer, nadar para ser yo. Me enfrento al miedo porque no puedo sentirlo justo ahora cuando trato de volver a cabo Tiburón: uno de esos lugares donde el coral está a más de quince metros de profundidad. No hay cómo bajar si se tiene miedo. Y esta vez tengo que tocar su fondo.

Me tiro en la cubierta sin poder controlar el ritmo de mi respiración, sin conseguir un tris de calma. Me quedo bocabajo. La lluvia arremete. Agarro la driza con que amarré el costal de cocos para desanudarla. Tengo los dedos engarrotados. No dejo de temblar. La ato a medias al mástil y me resguardo adentro. Me quito la ropa como puedo y monto el café. Tirito de frío o de espanto. Mientras el agua hierve, intento tararear alguna melodía. Un sonido que me acompañe. Recuerdo a Félix Reina. Ayudará a darme calor, *si tú supieras mi sufrimiento... la triste historia que noche tras noche de dolor y pena, llena mi alma, surge en mi memoria...*

Se me ocurre pensar que este episodio de terror marino no es más que una cuenta por pagar. El precio del ayuno, del mal dormir. La factura de evadir una angustia. Tomo la estúpida carta y la abro. Mi cabeza escurre agua sobre ella. Las letras se disuelven en un papel menos fino que el de las cartas anteriores. Parece una de esas notas que la gente deja cuando va a salir de imprevisto. La leo de corrido. Lloro. El científico habría querido saber estas noticias. Cuánto lo siento. No puedo respirar.

***

Llevé a la cama a la seño. Cómo iba a dejarla recostada en el matarratón, se la comerían las hormigas. Casi no podía caminar de la borrachera que se metió. Manoteó en todas direcciones tratando de zafarse de mí. Me siguió insultando y cuando al fin estuvo tendida en la cama, inconsciente, empezó: maldito sea mi destino, yo me he querido morir hace muchos años y tú no me has dejado, no joda. Me pusiste a vivir de nuevo. Me agarró la cabeza y me acercó el rostro. Lloriqueó. Se puso a mascullar otras cosas con la lengua arrastrada y el aliento podrido. Me babeó la cara al hablar. El día en que tú, mira bien, el día que llegaste yo, ajá, me soltó rabiosa y se acurrucó hacia el rincón. Volvió a darse la vuelta hacia mí. Por eso el perro, chanda asquerosa, no joda, te quería más a ti, era tu perro, dejó de ser mío porque tú, tú te ganaste su, ajá, y se sentó en el borde tambaleándose. Y la paisana, vieja maluca esa, maluca, la odio, pobre tu mamá, esa mujer era buena para sufrir, tu mamá sí era tu mamá, papá es cualquier zángano, pero mama es mama, llévale flores, tshhh, cállate, no me veas así. Se dejó caer en la cama. Berreaba como niña.

Luego me di cuenta de que el hombre dormido en mi chinchorro, capaz de hacer reír a la seño y de dejarla en semejante borrachera, tenía un nombre bonito y se dedicaba a la ciencia. Era un científico. Esas palabras resonaron en mí como si tuvieran una importancia incalculable. Él me lo contó al ver mis tesoros marinos puestos al sol: cuando regresé al lavadero después de acostar a la seño y soportarle la rasca, el hombre tenía en sus manos el hacha y la vasija. Las observaba con interés. Parecía que las cosas le estaban hablando un lenguaje inaudible para mí. Tú encontraste esto cuando practicabas apnea hace un rato, ¿verdad? ¿Apnea? ¿Yo? Sí, quiero decir, cuando nadabas en el fondo. Solo moví la cabeza afirmando. Yo te vi desde la playa, al parecer tú no me viste, Alea. Sabía mi nombre. Lo dijo y yo sentí como si apenas me diera cuenta de mi propia presencia. Fue extraño. Quizás era el acento. Supuse que la seño se lo había dicho. El hombre mencionó su tierra natal, la T que me hacía falta, me extendió su mano y me saludó efusivo.

Era un señor de barba profusa. ¿Sabías que esa vasija podría ser una antigüedad de los zenúes? Mira, está hecha en rollos de arcilla aplanados con las yemas de los dedos. Señaló unas rayitas que para mí eran deformidades. Fíjate en el borde exterior un poco virado hacia afuera. Anda, que es de uso doméstico. Dijo exaltado, como si hubiera descubierto algo importante. A lo mejor es de la zona Panzenú, mira, mira este surco de color rojizo, tal vez sean arcillas del valle del río San Jorge. ¿Y usted cómo sabe eso? Fue lo que atiné a decir con mi desconfianza desmesurada. Notó mi incomodidad. Me respondió que él solo era un lector. Leo datos donde nadie los ve. No me estoy inventando nada, ¿eh? Hizo una pausa sin dejar de mirar los surcos de la vasija. Anda, Alea, es que yo soy un investigador, simplemente una persona que observa, por acá me dicen científico, ¿quieres aprender algo de ciencia? Y sonrió amable. Sí, sí quiero, pero tengo que hacer el almuerzo antes. Entonces se carcajeó. Me reí sin saber de qué. También seguía con mis puños apretados. Él tenía la risa contagiosa y pasado un instante dejé de sentir desconfianza. Venga, que vamos a necesitar más que un ratito, pero vale, luego del almuerzo comenzamos.

Creo que en todos estos años ni la seño ni yo nos habíamos reído. Yo solía reírme con mi perrito, pero no al modo humano de las carcajadas, los gestos, los supuestos entrelíneas. Almorzamos bonito y yuca hervida. El jurel era más pequeño. Lo dejamos para ella. Cuando la seño se levantó en la tarde fue a buscarlo. Estábamos concentrados en las explicaciones, agachados en la era del yucal mirando la tierra, las raíces, las hojas de la maleza. No nos dimos cuenta de su presencia detrás de nosotros en el solar. Solo sentimos sus pasos sobre el pasto seco, rumbo a la cocina, refunfuñando. Desde allí gritó para invitar al hombre a entrar. Aurora es una de mis madres costeñas, tengo otra en el golfo del sur, se llama Nimia, pero, vamos, no le digas nada, será nuestro secreto, ahora debo obedecerla, y me guiñó el ojo. Entendí que se conocían de tiempo atrás.

Al día siguiente zarpó. Aseguró que en unas semanas estaría de regreso porque deseaba que lo llevara a fondear al canto de las hachitas. Llenó de besos y abrazos a la seño antes de irse. Tranquila, vieja, vendré por mis carimañolas si me prometes que las harás de cerdo guisado, le acarició la mejilla y ella le dio un beso en la frente. De mí se despidió dándome la mano y me entregó una pequeña cartilla. Estudia, cuando vuelva hablamos de esto. Desde que mi mamá me enseñó a leer no había sentido ganas de aprender así. Lo que fuera. Saber las cosas que él sabía. Leer esos surcos invisibles que para la gente como yo no tenían significado. Sentí que, con su corta visita, algo se había encendido en mí, una curiosidad que no se apagaba. Nos quedamos viéndolo hasta que abordó su Leda María y se puso a ir de aquí para allá aparejando el viaje.

La seño estuvo más furiosa conmigo que de costumbre. Rata, me quitaste el perro. Luego dijo que yo le robaba todo y me decomisó el librito. Cuando me lo arrebató me quedé viéndola caminar hacia la casa, los huesos de las piernas estaban más separados de lo usual, combados tal vez. Rengueaba hacia la derecha, quizá le fallaba la rodilla. Le había hecho un zurcido horroroso a un roto en su faldón. Las suelas de las chancletas estaban a milímetros de dejarla descalza. Meneaba la cartillita en todas direcciones como una niña. Era una niña anciana. Me hacía pataletas a mí porque a quién más.

Algo en mi modo de verla cambió con la visita del científico: yo tenía diecisiete años, ella, ¿quién podía saber cuántos? Sus dedos retorcidos por la artritis dejaron de parecerme adefesios congénitos. Eran raíces antiguas, amelladas por los años en soledad, por el viento, el sol, el fuego, las masas calientes de yuca y maíz, el agua fría del aljibe. Vivir sola la liberó de lidiar con otros y pedir favores o decir buenos días, hacer regalos o dar las gracias. Era su modo. Me quedé viendo sus canas. El pelo parecía una atarraya curtida, un amasijo imposible de desenredar. Seguro alguna vez pescó miradas o caricias con esa cabellera. Debió ser linda. En apenas un día y medio el científico me mostró que a la seño le gustaban los mimos, la rochela, los besos, el baile. Yo nunca intuí nada de eso; tampoco fui capaz de ver más de lo que él me reveló sobre ella, pero sí me quedé con el interés que me sembró por las líneas invisibles que hay, en secreto, en todas las cosas. Lo guardé conmigo, como el huevo que una tortuga desova lejos de la arena. Una inquietud silenciosa y punzante.

En todo caso, no hice nada por la seño. No la llamé por su nombre ni le dije abuela. No reparé en que la seño tenía las mismas cuatro o cinco mudas de ropa desde que llegué a su casa. Pudo estrenar alguna prenda bonita si yo me hubiera imaginado regalársela. La habría beneficiado un masaje en los pies, una bebida aromática, una palabra de gratitud. Seguí llevando el pescado cada mañana y los envueltos a sus lugares de encargo tal como siempre: sin dirigirnos una sola palabra que no fuera necesaria. Sentí gusto en aportar comida, suplir las caminadas que ella ya no podía enfrentar, obligarla a no morirse todavía como me lo confesó en su borrachera. Nada más.

RISCO

Habían transcurrido más de cinco meses desde que el científico se despidió diciendo que en unas cuantas semanas regresaría. Esa tarde la seño me detuvo cuando iba hacia la playa de las caracolas a otear el barco. Solo aspiraba a estar en la arena, acurrucarme en la coquera con el cuerpo virado al norte. Ahí estaba la línea difusa por la que emergerían los fantasmas: el pesquero, el Leda María, un huracán, una ballena. Quería pasar esa tarde imaginando la mejor ruta de fondeo en el único arrecife que me sabía de memoria. Mostrárselo al hombre como una fuente de descubrimientos invaluables. Pero la seño me enseñó en todas las variantes de la ironía y la sorna que no teníamos a quien esperar ni hacer antesala ni dar una bienvenida.

Yo que tú dejaba de planificar el paseíto ese ridículo a los cantos, eso es un cementerio y punto, cementerios hay en todos lados, si es de indios o de paisanos da lo mismo, te habrás creído que le importaba fondear contigo, un buzo profesional, malhaya ingenuidad la tuya, coge oficio, no joda, ve a traerme el plátano antes de que oscurezca, y ni se te ocurra cortar el racimo. Camino al solar eché mano de la vasija y del hacha que no supe si era un objeto usado para cazar, hacer techos de paja o arreglar pescado, el científico no alcanzó a contarme nada sobre el hacha. Fueran lo que fueran esas cosas, no sé, me causaron rabia, ya no quería saber a quién pertenecieron, no podía leer por mis propios medios sus líneas secretas, las odié porque lo representaban a él. Las arrojé lo más lejos que pude entre los platanales. Sentí el barro romperse. El ruido seco entre las hojas. Las historias que relataban, mudas al fin. En el solar era solo un golpe sordo en la tierra reseca. El escándalo de la despedida.

Le traje los maduros a la seño y me hice la que iba para la playa otra vez. Te va a comer el jején. Pela los plátanos y trae más leña. ¿Hace cuánto tiempo vives aquí y no has aprendido? Ven, carajo, no me dejes hablando sola, no joda. En ese momento tomé conciencia de que eran años, como cuentas por pagar llenas de cifras, restas, multiplicaciones. Calendarios. ¿Hace cuánto tiempo vives aquí? Sus palabras se repitieron varias veces en mi cabeza: una avalancha matemática, pensé. Llegué a los trece y ya tenía diecisiete. Ella cómo podría saber si nunca celebrábamos ninguna fecha. Habrá medido el tiempo compartido por la altura a la que me mandaba el coscorrón.

Mientras la seño echaba maldiciones y tiraba los tiestos de la cocina, busqué refugio detrás del gallinero. Me puse a recordar. La memoria es una enfermedad. Mi mamá se murió cuatro días antes de mi cumpleaños número doce. Cuando cumplí once, me hizo torta de banano. Como en los años anteriores, le incrustó una vela y me dijo que era mi oportunidad de pedir un deseo. Un regalo. ¿A quién se lo pido, má? A la vida. Pídeselo a la vida. Apreté los párpados y pedí. Cuando abrí los ojos para soplar la vela, el viento la había apagado.

Nunca más volví a celebrar que nací, como hace tanta gente. Ella intentó inculcarme que las fechas contenían una mística. El solsticio de verano cuando mucha gente se aprestaba a festejar el arribo del nuevo milenio como si fuera un milagro, yo estaba llorándola. No valió nacer a bordo del pesquero ni en la nave nodriza de Tintipán. El misterio que supuso para ella tenerme la noche más corta del año quedó enterrado con sus huesos.

Quise dejar embaucada a la seño con las tareas de la casa. Obligarla a extrañarme. Qué va. Me levanté de mi rincón detrás del gallinero y regresé. Tenía que pelar los maduros, traer más leña, guardar los pollos, llenar el tanque de agua dulce, barrer el solar por segunda vez en el día, quitar el hollín de la cacerola. Como todas las tardes, esta me ofrecía sus labores rutinarias. Empecé a sentir con más frecuencia que necesitaba aire, pero aire había en todos lados. Incluso cerca de la seño. ¿A dónde me habría podido ir?

Entré en la cocina. Pensé que la encontraría allí esperando la leña. El silencio permitía escuchar el oleaje. Seño, ya están pelados los maduros, dije al rato, pero no me respondió. Avivé las brasas y puse la olla con aceite. Fui al cuarto. No estaba. Las mariamulatas comenzaron su escándalo habitual del ocaso. Las escuché revoloteando afuera, escarbando sobras en el solar. Me daba la impresión de que la caída de la tarde las apabullaba. Quizás era el temor al hambre: la oportunidad de comer caducaba cada noche.

Imaginé que la seño estaría fumando en el corredor. A veces se sentaba en la mecedora a la que le tejí el espaldar.

Si ella se sentaba ahí en las tardes era porque el tejido había quedado bien. Lo suponía pues ella nunca dijo nada del arreglo. A veces miraba la silla y pensaba si la cabuya le habría causado picor o si los nudos le tallarían la espalda. Me ponía a pensar en cuántas cosas podrían incomodarle: el colchón flaco casi sin relleno, el peso de la leña, el humo, el calor del fogón encerrado en la cocina.

Salí de la casa y ahí estaba la seño: tendida en el suelo al lado de la mecedora. Me lancé a levantarla. La llamé por su nombre, Aurora. Tenía el nombre lleno de vocales, sonidos extraños que mi boca nunca usó para hablar con ella, una lengua primitiva, seño Aurora, seño, seño. Cuando rodeé su cuello con mi brazo, la cabeza se desmadejó y el cigarrillo se le escapó de los labios. La alcé. Era liviana, una niña. La acosté en la cama y corrí donde doña Justina por ayuda.

Regresé con ella y su hijo, el profesor. Él la tocó en el cuello, la muñeca, le acercó el oído a la boca y la nariz a ver si la sentía respirar y me dijo que no, que ya se había muerto. Se murió la seño justo al final de la tarde cuando sentí que no importaba respirar el mismo aire que ella. Quise irme, dejar las tareas inconclusas y me arrepentí. Quería cuidarla, tal vez. Tienes que ir a traer al médico para que venga a hacerle el acta y apaga ese aceite, no joda, que vas a prenderle fuego a la casa. ¿Qué acta? Pregunté. El acta de defunción, que te certifiquen que la seño Aurora murió, ya tú sabes. ¿Y eso para qué es? Yo preferiría enterrarla y ya, les dije al profe y a doña Justina. La vieja estaba llorando y dibujándose cruces en el cuerpo. Parecía una turista echándose repelente como si la muerte de la seño se le fuera a contagiar. Nadie quiere morirse.

Doña Justina y el profe hablaban de papeleos y novenas, las doñas, la paisana, don Joaquín. Creí que estaban planeando una fiesta. Luego me dijeron que me fuera al centro de salud a ver si alguien venía a hacer el acta a la casa y ven te alumbramos el camino con el foco que ya está muy oscuro, cómo te viniste así sin luz, caramba, mañana nos avisas del entierro y prepara bastante café para atender a la gente.

En el centro de salud me devolvieron para la casa. Tienes que venir temprano porque ya el médico se fue. De repente, todo era tan complicado... Hice el camino de regreso a la menor velocidad que pude. El sendero desde la carretera hasta la casa de la seño era oscuro. Los árboles tapaban las estrellas, la luna. Escuché el viento. El mar estaba otra vez ahí en el paisaje sonoro. Cuando llegué, me senté frente a la seño y me quedé viéndola un rato. Creí que iba a respirar, a darse la vuelta, a decirme ajá, tú qué haces ahí, ponte a hacer algo útil. Me apremió la necesidad de cobijarla. Le quité las chanclas. La arropé con la sábana de rosas desteñidas. Como ya no estaba frunciendo el ceño, las arrugas del rostro se alisaron. Vi sus facciones mejor definidas. Cerré su boca. Le sobé la cabeza. Fue lo más cercano a una oración que tuve para darle.

No pude dormir con el chinchorro colgado en la cocina. No tuve tanta sangre fría como para pasar la noche con ella, bajo un solo techo, el aire que creí tener esa tarde ya no estaba. Adentro olía rancio. La casa se puso más helada que la primera noche que pasé en ella. Los tiestos, el fogón, los platos tenían una capa de escarcha. Ese brillo ominoso de las cosas cuando pierden a su dueño. Me quedé en el corredor, en la mecedora, en el filo de las caracolas de la playa. Qué iba a pasar conmigo...

La paisana puso casi toda la plata para el entierro. Morirse es muy caro así no cueste nada. Yo no hubiera podido pagar la tumba. No supe cómo darle las gracias, otra vez. Me dijo que para ella era más importante que yo le hubiera devuelto la vida a la panga de Miguel Ángel. Te veo pasar a lo lejos y con poder recordarlo soy feliz, y me agarró del brazo en la procesión al cementerio. Con eso tenía ella. En cambio, yo sentí que esa deuda no se la iba a poder pagar nunca.

***

No logro evadir la sensación de ahogo. El miedo, quizás el dolor, se acumulan en la garganta, los pulmones. No quiero pensar en lo que dice la carta. Llorar cansa y los esfuerzos de hoy, de mañana, son exclusivos para volver al cabo. La doblo con cuidado y la guardo con las otras cartas. Imagino al científico leyéndola. Me consuelo con el pretexto de que le ahorré un dolor. Me quedo viendo la cicatriz en mi pierna, la quemadura con que me marcó la ensenada tras un año de navegación en solitario y sin rumbo. La soporté creyendo que me lavaría las culpas. Debí contarle todo al viejo Isma, a doña Nimia, no sé, hablar de esos cinco años de trabajo con el científico, de cuánto le debo, cuánto lamento lo que pasó en cabo Tiburón. Necesito aumentar mi calor, respirar, pretender que no navego al borde de un precipicio. Me cubro los huesos y la carne flaca con la otra muda de ropa. No soporto más verme el cuerpo. Mi desnudez dejó de ser llevadera.

El primer sorbo de café caliente me sabe salado. Sabor a concha marina y crustáceo. Siento la garganta quemada por el agua que tragué. Pongo a calentar los fríjoles, pelo medio plátano para fritarlo a ver si recupero la entereza que perdí en el mar esta tarde. El plátano está paludo. Agarro otro. Se malogró también. Todos los que me regaló el lanchero están dañados, no sirven. Subo a cubierta y los tiro al mar. Contemplo las olas. Me quedó un dolor en el esternón, una aguja, me asombra pensar que tengo tanto miedo de morir.

No mires cuando el sol se está poniendo pues el día está muriendo y la noche le llegó, es la cosa más triste de este mundo, así me siento yo… tarareo la versión de Antonio Machín. Mascullo una letra, una palabra, otra canción añeja. Me ayudan a acompasar el ritmo cardíaco, la poca bondad humana que conozco está en esas melodías. Un poquito de belleza, una pizca para sobrellevar el ocaso. Es la música que mi mamá escuchaba cuando lograba coger señal en el pesquero y también es la que la seño oía al cocinar. Aprendí muchas canciones por simple contacto sonoro. Luego las fui coleccionando como la gente que recoge conchas en la playa sin saber que se llevan a sus ciudades la arena del futuro. Mientras espanto el pánico canturreando, llega la noche, el zumbido del agua evaporándose, el vaho espeso del aire después de la lluvia.

Subo a cubierta a comer. Hay luna y el clima temperó. La brisa es leve, el mar es otro. El científico decía que la edad del istmo era de unos 3500 años y que eso era poco. No sé qué significa cuando se dice de algo o alguien que es joven. Yo me siento como si hubiera vivido siete décadas. Tal vez el deterioro es el que hace que uno se perciba viejo. Puede que el golfo esté recién parido, pero le bastó con el ritmo de explotación de los últimos veinte o treinta años para salir de la lista de lugares promisorios del planeta. Envejeció sin notar el esplendor de su juventud. Ahora, con lo del puerto, es como haberlo desahuciado. El maltrato no solo diezma a un organismo, sino que le succiona la vida hasta secarlo. Su degradación conlleva fealdad y muerte.

Una luz se acerca. Me hacen una señal con un foco. Busco la linterna para responder. Espero que sean pescadores. Buenas, me saluda un hombre mayor, buenas, le digo. Hay otro con él, es un muchacho. Descanso cuando compruebo que llevan aparejos de pesca. El viejo se queda un rato pensando, preparando qué va a decir, creo. ¿Viste un trasmallo, acasito, en la salida de la bahía, como allí, frente a las lanchas? Señala hacia el frente de playa Tarena, un kilómetro o dos más al norte de las coqueritas. No, no señor, yo llegué en la tarde y no había nada calado. Ay, caramba, qué vamos a hacer ahora, se lamenta. El muchacho está pasmado. Alumbra con su foco hacia la proa. Se queda mirando justo donde está pelada la pintura roja y se ven los restos negros de lo que fue el nombre del barco.

El aguacero estuvo bravo, les digo, supongo que la lluvia hizo lo suyo. Santa Stella Maris, patrona de los pescadores, no nos desampares, dice agarrándose la cabeza, seguro el mar se lo llevó hace horas, caramba. El viejo está desesperado. Una red fantasma más, pienso, la peor de las trampas para peces, cetáceos, aves, tortugas. Qué mierda, me dan ganas de despacharlos a insultos, estas son las muestras de legítima brutalidad por las que no quiero saber nada de la gente: desde hace mucho tiempo los pescadores saben que, de las artes de pesca artesanal, el trasmallo es de las peores. No es selectiva, no distingue una especie de otra y menos la edad de un pez. Antes tejían las atarrayas y transmitían a los hijos el arte. Pero un trasmallo se compra, se instala y se deja ahí, trabajando solo. Un pescador puede tener diez o quince redes, con puntos cada vez más cerrados. Atrapan alevinos y especies no comestibles sin discriminación. En los ríos interrumpen los ciclos migratorios para el desove. Por eso ya no hay subiendas. Un trasmallo al vaivén de las mareas es peor. Se engarza en cualquier sitio instalándose como una trampa al acecho. O recorre las corrientes abalanzándose sobre cualquier criatura que se deslice por ahí. Cuántos estragos habrán causado en las profundidades sin que se sepa. A la deriva, son una red de muertos.

Observo al chico nervioso. La angustia del viejo. Pienso en que seguro no lo ataron, no emboyaron como es debido o no saben hacer buenos nudos. En fin. ¿Qué les pasó, hombre, fue que no lo amarraron bien? Les hablo por pesar, pero el viejo sigue afligido. Solo musita sin responderme. Apiádate de nosotros, virgencita del Carmen, llevamos dos días y medio en esta faena, dice al rato tratando de afinar la voz. Hace horas estamos buscando el trasmallo para rescatarlo, no esperábamos que nos cogiera la noche así, benditas ánimas. Vas a tener que dedicarte al ganado o pedir puesto en una bananera, como tus tíos, le dice quejumbroso al muchacho. El jovencito achica y mira hacia el lugar donde calaron el trasmallo. Están cansados, se les nota. La lluvia dejó la atmósfera fría. Hace apenas unas horas estuve al borde de ahogarme justo aquí. Tal vez así se sienten ellos: frustrados, desengañados por su propia incapacidad, simios fuera de la tierra.

Tras un silencio largo comienza a hablar el viejo: ya no tenemos nada de, y hace una pausa, intuyo su vergüenza. Tienen hambre. Son dos días de una faena sin resultados. Entiendo que lo que quieren es un refugio. Yo sé bien lo que es sentir esa ausencia en el cuerpo. No hay extremidades que abracen ni manos que acicalen o brinden. Me adelanto a las explicaciones del viejo y los invito a que aborden. Les ofrezco aguapanela, arroz y los fríjoles. Es lo que tengo. Justa alma del cielo, lo que nos dé para nosotros es una ofrenda sagrada. Bajo a la cocineta. Me pongo a ver lo que hay. Decido preparar toda la comida. Dársela. No sé, no la quiero para mí. Siento que es probable que no la necesite. No en el cabo. Mezclo el arroz con el fríjol. Queda rico. Encima le sirvo a cada uno su lata de bogavante y una de erizo de la encomienda. Esas cosas finas que quizá nunca han probado. Dejo un enlatado, pero no es para mí. No me lo voy a comer esta vez.

***

Los siguientes tres años sobreviví como pude. Una travesía en solitario, sin quien me diera órdenes, sin horarios, sin un perrito grumete. Me consolé leyendo una y otra vez la cartillita que el científico me dejó y la seño confiscó el tiempo que pudo. Estaba muerta. No tuve reparos en esculcar su armario para encontrarla. La seño no quiso enseñarme el secreto de sus envueltos. Me vas a robar todo menos las recetas, decía a veces cuando entraba en la cocina y la pillaba amasando o fritando esas bolitas deliciosas. Pasa, chanda, vete. Intenté continuar con la entrega de carimañolas y bollos, pero a ninguno de sus clientes les gustaron. Los de ella tenían su toque, me dijeron varios usando casi la misma expresión.

La paisana a veces me hacía ir para encargarme mandados o me pedía que le trajera un robalito que tenía antojo, me invitaba a comer algo, me daba mercado. Alguna vez me regaló unos útiles escolares de bachillerato. Sabía que me gustaba leer, mirar, distinguir señales. Cuando menos pensés, vas a saber un montón de cosas, me dijo, así no te las haya enseñado nadie. Lo que admiro de vos, Alea, es que no te has dejado vencer todo este tiempo en esa soledad de casa, Ave María, si hasta te embarneciste. A ella le parecía que tres años eran una eternidad. Desde que la seño murió, mi sensación era que el tiempo se había detenido. Mis labores estaban destinadas a no morir de hambre, de mugre ni de sed. Es todo. Me metía a escondidas a los solares de otros cuando en el de la seño no había plátano. Fui un fantasma casi imperceptible. Todavía pescaba de madrugada, pero comenzaron a ser frecuentes los amaneceres en que no atrapaba nada. Algo estaba pasando sin que la gente lo viera.

No joda, Alea, pareces un animal, me dijo el corregidor cuando me mandó llamar para cambiar las escrituras de la seño y no sé qué cuentos de una actualización de los predios del caserío, los impuestos por el terreno, los planes para ordenar el territorio, el turismo, la playa y fue cuando se dio cuenta de que no tenía cédula de ciudadanía. Animal salvaje, carajo. Mírate, cuántos años tienes, ni los burros son así. ¿Y el registro?, preguntó. Creo que en Cartagena, respondí. No joda, Alea, madura, ¿al menos sabes en qué año naciste? En el 88, le dije. Caramba, me va a tocar a mí sacarte la cédula, oye, con veinte años y viviendo como animal, ¿tienes el apellido del Capi o el de tu mamá? El de él. Asimú, escribió. Azimut, corregí. Tras el afán de insertarme a la civilidad, lo que había era un interés por la zona. En ese momento no dimensioné las consecuencias. Hubiera preferido no darle mis datos. Dejar los ríos en paz. Las cocoteras y los caracolíes. Las playas. Las lagartijas. Igual, si no era este corregidor, sería un alcalde, un funcionario, un cualquier aparecido con plata. La tal cédula llegó a la oficina del corregidor junto con la deuda de los impuestos. Todo con mi nombre rimbombante.

Al regreso del pueblo, oí ruidos en la casa. Atravesé el solar cada vez más lleno de basura. Los años que pasé viviendo en punta Bolívar los dediqué a ampliar la colección de objetos flotantes enredados en los manglares, confundidos con las caracolas, alojados en el fondo del pequeño arrecife. Por más que los ordenara en conjuntos solo eran montones irregulares de escombros. Agarré un palo. Entré por la cocina. En la mesa había una botella de ron con un moño. Solté el sobre que me entregó el corregidor y agarré el madero con las dos manos por si me tocaba dar un golpe. El ruido se hizo más nítido: era de alguien que lloraba sin aspavientos. Estaba sentado en la cama de la seño, los codos apoyados en las rodillas y los dedos entrelazados apretándose. La espalda encorvada. La cabeza hundida hacia el pecho. Sus lágrimas chingleteaban en el piso.

***

El muchacho casi no habla y el viejo come con parsimonia. Degusta cada bocado. Yo tengo viva la sensación del ahogamiento. El café con sabor a sal. El poquito de caraotas duras que me comí. Cuando está a punto de terminar la comida, el jovencito me pregunta por qué está borrado el nombre del barco. Mi papá dice que es de mala suerte no ponerle un nombre, él trabaja en la marina, comenta mientras empuja con el dedo hacia la cuchara los últimos granos de arroz. No seas indiscreto, muchacho, deja la preguntadera, le dice el hombre. ¿De dónde son ustedes? Pregunto para cambiar de tema mientras pienso en que no tengo cómo explicarle que yo borré el nombre del velero. Como la panga que fue mi casa y que no tuvo un nombre sino al momento de abandonarla. Pudo llamarse El matadero, pero la nombré Soledad. De Villa Claret, arriba de Titumate, escucho la voz del viejo llegar como una ola. Me despierta. Están muy lejos, digo. Imagino la distancia que navegaron en esa lanchita con su motor cincuenta. Es que no hay mucho pescado, entonces conseguimos prestado el trasmallo y la plata que teníamos la gastamos en gasolina, mi mujer nos empacó un fiambre y vinimos pensando en que con un día bastaba para recuperar la inversión, pero la única suerte que tuvimos fue que el aguacero de esta tarde nos cogió bien afuera buscando el bendito trasmallo ese, de lejos vimos la lluvia golpear duro la costa, hasta la gasolina se nos acabó ya, tocará regresar remando. La otra suerte fue su barco.

¿Por qué no se quedaron en Tarena? En el caserío hay. El viejo me interrumpe: no, no, allá no podemos arrimar con el muchacho. A veces llega gente mala reclutando niños, ampáranos, santa madre. Parece que nos hacemos preguntas indiscretas. Yo conozco a una persona en Titumate, comento a ver si la conversación vira hacia recuerdos gratos, le dicen Isma. ¿Ismael Carrascal? Claro, él es tío de mi señora. Hace tiempo no sabemos de él. Uno de los hijos se lo llevó con doña Nimia para Quibdó por el tema del hospital. Estaba muy enfermo el viejo, pobre.

Maldita sea hablar con la gente. Debí quedarme en silencio y no averiguar datos que le echan sal a las heridas. El hombre sigue: es que desde que el mar se les tragó la casa, el tío Isma perdió la salud. Le digo que hace tiempo no voy por allá, que la última vez fue después del incendio en la ensenada de Rionegro, intento evitar que me dé más detalles dolorosos. Ah, sí, responde, me acuerdo de que eso duró casi veinte días, y se queda pensativo mirando la vela del farol. No sabía que se estaban perdiendo las playas a este lado del golfo, comento. Sí, es mucha la tierra que se ha llevado el agua, continúa el viejo mientras le hace señas al muchacho de que recoja los platos y los lave. Las cosas están malas en el pueblo, sobre todo para la gente que tenía sus casitas cerca al mar. Ahí no valió ladrillo ni cemento ni nada. El mar de leva de las últimas temporadas ha sido endiablado. La mayoría se quedó sin un techo donde vivir, imagínese usted, un techito para resguardarnos es lo más sagrado que tenemos los pobres, y ya ni eso.

Calculo en mi mente la cantidad de kilómetros de playa perdidos en todo el litoral del golfo. En cuestión de pocos años, la línea costera pudo retroceder hasta cien metros en los lugares más erosionados. Cómo estará por los lados del Totumo o hacia la punta Caribana, Uveros, Zapata, zonas proclives al lodo, a las fracturas. Observo al pescador elevado mirando titilar la llama de la vela. Seguro hace cuentas del dinero perdido, cómo repondrá el trasmallo, qué le dirá a su mujer.

También imagino al viejo Isma llorando frente al mar, pidiéndole que no se lleve la casa, que él ha sido bueno. Veo su guitarra naufragando. El daño de un sitio natural es el destrozo de los hábitats humanos en otra latitud: dicen los mamos que el equilibrio se alteró para siempre cuando desecaron la laguna sagrada de Hukulwa, en territorio Tayrona. Les drenaron los manglares y obstruyeron el ciclo del agua. En su lugar, las grandes mineras inauguraron puerto Brisa y pusieron un letrero de propiedad privada. Nuestras catástrofes y la furia de las corrientes no son fortuitas. Todo está conectado. Qué mierda. Saber lo que sé es una tortura. Le digo a mis huéspedes que mañana zarpo temprano y que los remolcaré hasta el pueblo. Les arreglo un lugar para dormir. Descanso con la sensación de que solo necesito que las horas se escurran pronto.

Hacia las diez de la mañana el viejo y el muchacho desembarcan el balandro y abordan su lanchita frente a las playas de Titumate agradecidos por la comida y el desayuno. Puedo ver a lo lejos las casas damnificadas. El oleaje las golpea impetuoso. Muestra su fuerza contra los muros heridos: quiere que se vayan de sus costas.

CABO

Solté el palo que agarré en el solar para protegerme si hubiera sido necesario: un hombre que llora está indefenso. El científico me miró cuando largué el garrote. Nunca creí que alguien viniera a llorar a la seño. Ningún hijo se apareció por acá, ni siquiera apenas se murió. Pero ahí estaba él, llorándola como a una madre de verdad. Era un hombre sensible. Se me pareció a esas matas dormideras que responden al ser tocadas: seres reactivos a su entorno, a las presencias, los roces. Supuse en mi malpensar que estaría sintiendo el peso de sus promesas estériles: en dos semanas vuelvo, dijo, y habían pasado más de tres años.

Ya no había pollos ni gallinas ni yucas en el solar. No tenía mucho qué hacer a esta hora de la tarde. Me senté en el corredor a esperar a que el hombre hiciera su duelo y a pensar en la sonada deuda con que me atenazó el corregidor. Al rato volví a la cocina. Di la vuelta por fuera de la casa para no interrumpirlo. Esculqué en un tarro, en otro, pero no tenía nada que ofrecerle. Ya no había panela ni café. Ni un gramo de harina. Tenía aceite usado, pero sentí vergüenza de fritar algo en ese pegote negro. En el camino hacia donde doña Justina había guamos y chachafrutos, supuse que sería preferible brindarle frutas y semillas hervidas. Iba de salida cuando me llamó desde el corredor. No te vayas, Alea.

Tenía la botella de ron en la mano. Me ofreció un trago. Se lo recibí. Nos bebimos esa botella y tres más. Comprobé que nací con un hígado apto. Hablamos como si fuéramos náufragos acabados de salvar. Me contó que tuvo que regresar a Valencia, de la enfermedad huérfana de su hija, sobre una mujer insoportable en casa, en fin, pesares de las personas nómadas cuando tienen una familia que las ancla. A mí me daba igual todo eso. El licor me hizo sentir a gusto con mi destino precario y si él sufría por tener sus penas, yo lo hacía por no tener ninguna.

La parte que me interesó fue cuando dijo que llevaba varios años viajando por el litoral, que había llegado al país detrás de las huellas de su profesor ya muerto, un geógrafo de una universidad gringa pionero de los estudios del golfo en el Darién. Desde su encuentro con él, se había empecinado en documentar el golfo y debía enviar sus estudios al instituto no sé qué nombre porque tenía el patrocinio de una beca. En ese momento le entendí la mitad, pero sí fui capaz de vislumbrar su vida en el barco. Recogía y estudiaba una muestra aquí y allá, medía cosas, las comparaba. Tendría que saber hablar con el viento, las corrientes marinas, los surcos de los acantilados le relatarían sus historias imperceptibles. Lo imaginé sentado en la proa arreglando un pescado para comer antes de la caída de la noche. Lo visualicé completamente solo y feliz.

Yo también solté la lengua, le hablé del cuento de la deuda heredada de la seño, le conté que yo había nadado con un pie hinchado hasta la peña donde él anclaba a su Leda María, que la seño nunca me dijo que era mi abuela, que le robé el perro y ella me quitó el librito que él me dio y no pude estudiar sino hasta que falleció y esculqué todos sus escondrijos.

Nos agarró la luz del día bebiendo. Cuando el sol empezó a calentar, él vomitó hasta las costillas y después se fue a dormir en la cama de la seño sin ningún resquemor por la difunta. Yo me quedé en la mecedora. Los nudos de fique sí tallaban. En la tarde, cuando despertó, me dijo que pensaba contratar a alguien con experiencia que le ayudara en calidad de marinero y auxiliar. Y, vamos, tú has nacido en un pesquero y practicas apnea, sabes leer y escribir, con eso basta por ahora; si quieres, el puesto es tuyo, no te puedo pagar un salario pero tendrás comida y un espacio donde dormir, si tú te aburres de mí o yo me aburro de ti, pues te prometo que te traigo de vuelta y ya está, piénsalo, no querrás desperdiciar los mejores años de tu vida sin hacer algo útil, bueno, útil para la ciencia, pues no cabe duda de que has sido fundamental para Aurora que se habría muerto hace décadas de no ser porque tú le devolviste las ganas de seguir viva, dijo, y fue a echarse agua dulce al lavadero.

Me lanzó la propuesta sin preámbulos. Sin aludir a que ya no había nada para mí en el bohío de la seño. Sin decir que yo no tenía una familia que pagara la deuda o me diera la mano si algo me llegara a pasar. No tuvo que argumentar que no me quedaba siquiera comida que no fuera bajada de los árboles como hacen los micos o sacada del mar como un depredador muerto de hambre. Qué iba a tener que meditar frente a su propuesta. Nada.

De inmediato bajé a la playa de las caracolas para tallarle un nombre a la panga: Soledad, escribí. La amarré a la coquera. Al regreso, enrollé el chinchorro y eché en una bolsa mi cédula nueva junto con mis dos mudas. Guardé en la casa el azadón, la horquilla y las escobas. Le prendí candela a los papeles del impuesto. Yo no quería poseer tierra, yo quería agua, mar, ríos, cosas de las que nadie tiene escrituras. Mi casa todos esos años fue la panga, con ella pude vivir en una parcela de océano. Aunque el nombre que le puse era ingenuo, decía la verdad. Vacié la caneca del agua dulce y la puse bocabajo detrás de lo que alguna vez fue el gallinero. Tapé el aljibe. Puse candados en las puertas, las ventanas y el portillo. Abordé el Leda María una madrugada con bruma y la amenaza de un frente frío en dirección oeste.

Partimos hacia el sur. Al golfo. Dijo que iríamos por la ribera hasta Damaquiel y que fondearíamos en punta Arenas para enseñarme a tomar muestras de calidad. Me sentí deshaciendo mis pasos pues era la última ruta que había navegado en el pesquero, en dirección opuesta, siete años atrás. Ahí hay una ensenada muy importante, la de Rionegro, y varias ciénagas, dijo, vamos a estudiar botánica, ¿entiendes?, botánica marina y después seguimos con la zoología del mar. Me sonó a promesa, a las cosas dichas por los pastores, los magos, los maestros: sentencias que auguran dar sentido al caos. El interior del bote era deslumbrante, había cocineta, una cama, estantes repletos de libros, los instrumentos de navegación, una especie de laboratorio dotado con equipos que nunca había conocido, una placa que leí en voz alta: Holanda, balandro, mil novecientos... la enorme vela vista desde abajo.

Comenté que con la velocidad a la que íbamos, daba la sensación de que el barco flotaba entre la ola de proa y la de popa. Pareció satisfecho porque me dijo que esa era la mejor forma de prestar atención al límite de velocidad al que el bote podría navegar. Tú sabes observar, Alea, eso es bueno, si fuéramos más despacio verías una ola aquí, en la manga más ancha de las amuras, ¿ves? Y si fuéramos más rápido, la proa estaría siempre arriba y navegaríamos inclinados con la popa casi dentro del agua. Así fue con él: me mostraba la lógica oculta en los caprichos aparentes de las cosas, explicaba la contigüidad entre una causa y un efecto, hacía mapas de vínculos con sus explicaciones.

Estuvimos al frente de punta Arenas un día. Más que una punta este accidente geográfico es una flecha, un largo depósito de sedimentos que fue dando lugar a la ensenada. Tan pronto fondeó el balandro, el científico comenzó a dar forma a su promesa de enseñarme lo que más pudiera: la ensenada es un bosque húmedo tropical, dijo, tras el manglar se pueden encontrar cedros y robles en estado virgen, mira, una *fregata magnificens*, señaló al ave que cruzó sobre nosotros. Eso es una fragata, una fragata, repetí enfatizando en la a. Sí, una fragata, respondió con media sonrisa y se guardó la corrección. También así se portó muchas veces no solo conmigo sino con quienes hablaba: no andaba enmendando nuestras palabras, se las aprendía. Nuestro vocabulario tenía sentido. Muchos términos suyos se quedaron en mí, la lengua que hablo me la enseñó él.

Al día siguiente, atravesamos el golfo. Apenas había comenzado a clarear. En la parte más profunda entre una ribera y otra, tres barcos vikingos hacían lo mismo que el Capi:

arrastraban redes por el suelo marino con el peso de alimentar a un mundo ávido e insaciable. Parecían fantasmas. Máquinas con tenazas irrompibles. Esqueletos. Ambos estuvimos callados. El científico me habló solo cuando necesitó indicar una orden de navegación: anda, Alea, tensa el amantillo, ¿el qué? El cabo que amarra la punta de la vela, mira, es este y suelta la botavara un poco. ¿La qué? Mis respuestas siempre eran preguntas. ¿Qué cosa?, ¿qué es eso?, ¿cómo?, ¿cuál es? Durante esas primeras jornadas memoricé cantidades de órdenes. Cada una de ellas traía nuevas palabras consigo. Cada vocablo, un proceso minucioso.

Mi recuerdo del viaje en el pesquero hacia esas zonas del Golfo era vago. Solo se preservó en detalle aquel del Capi cuando me lanzó al agua a los nueve años. Ciertas imágenes de la nitidez del mar, de que podía casi tocar los corales metiendo la mano en las olas. No era un recuerdo de la ruta, sino del océano. No sabía cómo se llamaban los caseríos ni los peñones. Me emocionó suponer que reconocería el lugar preciso en que me hundí con los ojos abiertos y la certeza de estar en casa.

***

El tiempo me brinda condiciones óptimas para navegar. Agarro buen viento en Titumate. Paso por entre isla Napú y la ribera litoral después de las diez. El peñón Jano al mediodía. A las tres de la tarde estoy en cabo Pinololo. Si sobrepaso las dos bahías que faltan, llegaré a cabo Tiburón a dormir. El viento a favor es un guiño de la suerte, me dice, sí, vete, es hora, te estamos esperando. También me da la oportunidad de mirar, de que el paisaje trasiegue por los ojos, se inserte en algún sitio de cada pupila y anide. Mientras más al noreste navego, la vegetación se tupe, abunda la selva. De las llanuras revienta la montaña. Deja a la vista sus acantilados, las cortezas, algunos peñascos. Muestra las cicatrices.

Cada ola que cruzo es igual a las que surqué con el científico hace cinco años. Otra vez estoy deshaciendo pasos como los fantasmas que no pagan el tributo de sus deudas. Es preciso atormentarlos. Si hago cuentas, los años de mi vida contados de adelante hacia atrás no tienen sustancia: once años tuve una mamá que me cuidó. Tras su muerte, el Capi aguantó mi presencia solo por dos años. Luego estuve en el bohío de la seño por siete, cuatro con ella, tres en completa soledad. Llevo diez años recorriendo el golfo en este balandro: cinco con su dueño, cinco pretendiendo que sigue aquí. Dígitos de una ecuación con variables sin despejar. No conducen a un resultado. Sopeso una y otra vez todas mis razones: para quedarme, para alargar o acortar una existencia, para dejar morir. Ninguna va a un núcleo que no se alimente de miedo.

Me tomo el agua de un coco y me siento en la popa con el pie en la caña. Hay sal en el aire, me encanta. El viento zumba. Shu, shu, se arrullan las olas en el casco. No puedo hacer mucho mientras navego. Solo estar alerta, ser el bote. Llego al cabo aún con luz de día. Al fin. Fondeo en el mismo sitio de aquella vez. Es lejos de la bahía de Sapzurro. Siete u ocho kilómetros. Debajo estará el arrecife. Abro el vino de la encomienda y bebo a la salud de mi mamá, de mi perrito, la seño, la paisana, el científico y mi panga. Un traguito por cada uno. Un trago, una canción. Brindo y bailo. Recuerdo los días en que me llegó a gustar vivir. Parece que la vida fue hace mucho, cuando me enganché del orden que vi. El orden que develó el científico. Las armonías y disonancias con que están compuestas las series y los organismos. Tantos seres ocultos detrás de las piedras. Un artificio natural, frágil, susceptible de ser saboteado por el hambre.

Me pongo a recordar los informes que enviábamos al instituto: daban la idea de que el científico había encontrado un bioma que requería ser preservado. Pensamos que nos escucharían. Yo me incluyo porque, como él, compartí la ilusión de que el trabajo que hacíamos tendría efectos. Hubo tardes enteras en que, tras recibir las negativas de sus colegas, el científico se recostaba en la proa, abatido, sin ánimo ni de comer. Su silencio era irrompible. Se tardó en comprender que sus recomendaciones no serían consideradas. Y ambos abrimos los ojos. No éramos sino microbios incapaces de detener esta avería. El menoscabo había comenzado tiempo atrás sin que se notara. Ahora solo veo advertencias de muerte, pestes, tóxicos. Ponzoña. Lo observo en mi propio cuerpo maltrecho.

Me mando otro trago. Me río a carcajadas recordando las cartas que envié a su mujer. Hubo una en que le pedía que fuera a tramitar más recursos que cómo iba a permitir que cancelaran el presupuesto. Las de la hija las hice con ternura. Pensaba en el perro para que palabras cariñosas vinieran a mi mente. Me cansa recordar. Me bogo media botella de un tirón.

***

Supuse que íbamos a navegar hasta cabo Tiburón cuando el científico mencionó que recorreríamos el golfo del sur. Así le decía. Sonaba a lugar recóndito. A universo. El golfo del sur era la promesa de recorrer sus más de mil quinientos kilómetros cuadrados con todos los accidentes que le caben a un golfo tan grande. Pero no, arribamos a Titumate. Nos quedamos una semana entera donde don Isma y doña Nimia. Trataban al científico como a un hijo. Igual que la seño. Lo recibieron con abrazos y jolgorio. Tal vez era su carisma de sabio, de hombre de ciencia y porque ser extranjero le garantizaba de por sí la hospitalidad que el colonizado prodiga. Yo también la sentí al conocerlo. Ganas de prestarle atención o algo así. Los viejos llenaron de afecto cada detalle de nuestra estadía. Al científico le encantaba quedarse en esa casa. A pesar de la hospitalidad, yo prefería dormir en el balandro. Había recuperado el vaivén del agua y mis mareos de tierra volvieron. Él se veía feliz. Guitarreó con el viejo Isma y conversaron hasta tarde todas las noches.

Luego zarpamos hacia el norte fondeando en lugares que le resultaban propicios. No pude reconocer el sitio donde me lanzó el Capi. Pasábamos tres, cuatro, cinco meses por fuera, pero regresábamos donde el viejo Isma y doña Nimia. Siempre. Así fueron los primeros cuatro años viajando en el Leda María. Ser su ayudante se convirtió en un viaje en el que me llegó a gustar el mundo. No paré de estudiar durante las inmersiones: los libros no suelen ser tan claros como cabría suponer. Me creaban vacíos en la mente cuando los contrastaba con la realidad de esos fondos marinos hipnóticos. Aprendí lo necesario para navegar por las riberas del litoral, lo asistía en la recolección de especímenes, en la búsqueda de datos con la gente de las riberas y los pescadores, les hacía mantenimiento a sus equipos de buceo, describía algunos de los procesos para los informes que enviaría más tarde.

Entre nosotros se creó esa confianza rara de los marineros. Una empatía que con los meses se afianzó en el silencio. Yo preguntaba menos. Él explicaba poco. Se hizo innecesario. Compartíamos las veinticuatro horas del día, cada uno abstraído en lo suyo. En la noche, al comer, hablábamos un rato de lo mismo: las corrientes, la ruta de navegación, la práctica de la respiración, el mantenimiento de los equipos, la pesca del día, el mercado que faltaba, la lista para el instituto. Estábamos juntos en eso. En nada más. Esta rutina cambiaba solo en el momento en que recibía su encomienda. Cada año, sin falta, le llegó esa caja desde su ciudad.

Al principio leía aislado en la popa las dos cartas que venían en el paquete o me mandaba a hundir: tráeme una muestra del coral hermatípico más blanco que veas, decía. Se bebía el vino a sorbos. Una copita en las noches. Alargaba cada botella tanto como era capaz. Luego, tal vez al tercer año, no volvió a contenerse conmigo cuando recibía el paquete. Sacaba todo de la caja, abría las latas de mariscos finos, Alea, anda, trae un poco de arroz en dos platos, vamos a comer. Me leía emocionado las cartas de su hija. Las de la mujer las abandonaba por ahí, decía que se quejaba demasiado. Después de la lectura descorchaba el vino que venía como parte de los presentes y nos bebíamos las dos botellas en menos de una hora. Empatábamos con ron o aguardiente, según lo que hubiéramos conseguido en los pueblos ribereños. Él nunca dejó de ser el Capitán, el patrón: la mayor parte de la botella era suya. Ley de buque, de pesquero o de bote de vela.

Yo solo lo acompañaba cuando así lo disponía. Mi labor era velar por nuestra flotabilidad en muchos sentidos: del bote, de la investigación, de las labores diarias como cocinar lo que tuviéramos de mercado y las de la supervivencia que se iban entre instalar nasas, anzuelos y bajar cocos. Eso no me hacía mejor ayudante, pero sí me mantenía por debajo en la jerarquía de derechos de consumo. Un grado de alcohol menos.

Una vez, a finales del cuarto año, habíamos fondeado en playa Esmeralda al caer la tarde. Ya entrada la noche el hombre se desplomó por la borda. Estaba muy borracho. Supe que había alcanzado una cota profunda. Un límite. Fue difícil sacarlo del agua, subirlo, hacerlo entrar en calor, bajar la fiebre delirante que vino después. A él, en cambio, la experiencia le mostró que lo que era una fisura, se había fracturado en una grieta. No creo que haya querido lanzarse por sus propios abismos, sino que le gustaba contemplarla. Mirar hacia el negro que no lleva a ningún lado. Un buzo asomado al borde del agujero azul. Ese sutil resquebrajamiento de la cordura. El hombre cambió. Ambos cambiamos, seguro.

Estuvo en reposo dos días. La caída lo distanció de las cosas. Lo separó. Parecía como si un manto de molusco lo recubriera y lo preservara en un estado de ligera indiferencia. No me preguntó de qué era la sopa, ni si el aceite de coco ya estaba listo, ni tampoco se interesó en saber el pronóstico de las lluvias. No leyó. No escribió. No se levantó de la cama. La mañana en que subió a cubierta me dijo que se sentía harto, pero, anda, Alea, no voy a dejar el trabajo tirado nomás, iremos hasta el fondo y regresaremos con respuestas, yo te metí en esto, yo te sacaré a la superficie y te devolveré a tu tierra. No sé si eso me lo dijo a mí. Creo que lo decía para sí mismo. Sonrió como antes y con un tono vivaz me ordenó aperar el barco para zarpar.

Algunas de las muestras que recolectaba estaban a más de veinte metros de profundidad. A veces hacía la inmersión conmigo a pulmón libre. Otras, usaba el tanque. Me enseñó sus técnicas de estadía bajo el agua soportando más tiempo y más presión para que no tuviera que separarme mucho de él. Decía que era norma vital de los buzos no estar solos. Fue una de sus primeras enseñanzas: respirar, aguantar, cuidar. Nos amarrábamos una boya. Dependía del lugar, de la complejidad del tejido que extraeríamos y del ánimo que él sintiera, que tomaba la decisión de bajar con tanque o en apnea. A veces ni siquiera bajaba conmigo a pesar de la regla de compañía: me enviaba con la boya. Ensanché mis límites físicos en esos años. Otras, me obligaba a quedarme a bordo y era él quien fondeaba. Caprichos suyos.

Solíamos hacer esa maniobra peligrosa de contención del aire que nos ayudaba a permanecer más tiempo en lo profundo: preparábamos la inmersión expulsando la mayor cantidad de dióxido de carbono de los pulmones para que el cuerpo no sintiera que debía salir a respirar. Sin dióxido no hay indicador ni necesidad. El riesgo era perder el conocimiento por falta de oxígeno. Cuidado con el desmayo hipóxico, decía: en cualquier punto el cuerpo se te funde sin que puedas siquiera salvarte, así que anda, no exageres, advertía como si no estuviera afrontando el mismo peligro que yo. Me iba mejor a mí que a él. Tal vez competíamos, no sé. Es probable que esta diferencia fuera la que lo empujaba a bucear en solitario cada vez que las condiciones se prestaban.

Fuimos a cabo Tiburón. Amábamos esas aguas, cada uno a su modo: él, por la diversidad, yo, por la mística pues al fin reconocí el sitio exacto donde el Capi me lanzó esa primera vez. Este sería el segundo compás marcado por el cabo. El compás que rompería el ritmo. Llevábamos varios días documentando el arrecife. Esa mañana me pidió que alistara su equipo de buceo completo. Revisé el regulador, los cierres del traje, la válvula del tanque. La aguja bajó y volvió a subir al tope. Les habíamos hecho mantenimiento en el único centro de buceo de este sector del golfo. Creí que todo estaría bien, como siempre. Se levantó animoso, pensé, porque me dijo que cuando regresara iba a preparar su receta especial de tortilla. Hoy comeremos bien, cambia esa cara, Alea, venga, no te aburras de mí, por favor, sonrió. Ah, recuérdame ahora analizar los comparativos de temperatura y de salinidad, tenemos datos para el informe, levantó las cejas, alegre. Ajustó las correas del chaleco y se dejó caer de espaldas al agua.

Yo no me sentía bien esa mañana. Me dolía la cabeza, el cuerpo. Me senté en el borde de babor a esperarlo. Era mi rutina cuidarlo desde la superficie. No sería necesario con el tanque hacer maniobras extremas, pensé, el tanque llevaría suficiente aire comprimido. Me quedé viendo la boya, se alejó varios metros, se movió hacia el este otro poco. La luz del sol se reflejaba en cada pequeña ola con visos de aguamarina, blanco, amarillo. Una fregata voló entre los alcatraces, se desordenó la formación. Creo que cerré los ojos. La luz era un ruido perturbador en mis párpados. Debo haberlos cerrado solo un instante. Y me fui. Perdí la noción de la realidad. Lo dejé solo.

De pronto, salté del sueño. La boya estaba ahí. Corrí a ver el reloj de los instrumentos. Llevaba media hora sumergido. Me calmé. El tanque estaba lleno, daba para unos cuarenta y cinco minutos según su consumo habitual. Respiré profundo, me había asustado. Haber perdido la noción del tiempo fue un descuido imperdonable. Volví a sentarme a ver la boya. Estuvo un lapso muy largo en el mismo punto movida solo por las olas. Otra vez me asaltó el miedo. No lo pensé más. Tomé las aletas, la careta y me lancé al agua. Me puse todo tan rápido como fui capaz y me sumergí. No me preparé lo suficiente. Me tocó volver a la superficie. Maldita sea. Tuve que calmarme. Respirar, ensanchar. Lo intenté de nuevo y llegué hasta él.

Estaba ahí. Suspendido en la línea de transición entre el agua iluminada por el sol y la ultramarina, donde el azul se vuelve denso. Dieciséis, dieciocho metros. Calculé la profundidad. El hombre miraba hacia el fondo, los brazos abiertos y relajados. Se mecía leve, como si estuviera dormido. Él sabía a la perfección el peso requerido para mantenerse en flotabilidad neutra, volando en el agua, sin gravedad. Un puñado de agujetas pasó debajo de él. No salieron burbujas en ningún momento. Nada, solo inmovilidad. Llegué donde estaba y lo giré, tenía los ojos abiertos, satisfechos con la vista: el coral estaba vivo, colorido, habitado. Me dio un ataque de pánico, grité su nombre como si fuera a despertarlo. Me quedé sin aire. Tomé su regulador y no había nada, ningún gas, ni una huella de nitrógeno u oxígeno, solo el horrible hálito del moho. No trajo la botella de emergencia. Mierda. Lo solté y emergí como pude.

No sabía qué hacer. Vi que la boya empezó a hundirse. Era como si le hubiera vuelto el peso cuando lo moví. Se iba hacia el fondo. Alcancé a agarrarla. En el cabo hay mucha corriente: si la perdía, lo perdería a él. Cargar ese lastre al final de la driza y remolcarlo hasta el barco, me partió en dos. Seguí sintiendo el mismo pánico, el horror. Me nublé. Solo se me ocurrió abordar y traer todos los cinturones de lastre. Mi corazón estaba colapsado, no paré de temblar. La adrenalina hizo lo suyo ayudándome a soportar una nueva inmersión. Le puse todos los cinturones en el torso. Pasé un cabo entre una concavidad en el coral, una pequeña caverna, y lo amarré. Le quité la careta y le cerré los ojos. En lo único que pensé fue en dejarlo dormir. El mar también era su casa. Amaba el golfo, tanto que abandonó su familia, su tierra, ¿en qué otro sitio podría estar mejor? El arrecife lo abrazó. Por eso lo dejé allí, a salvo.

***

La noche, sus estrellas. Sobre el horizonte Orión va acostándose tras el mar. Al este, Casiopea. Hay poco oleaje. Me recuesto en la proa y duermo. Llevo mucho sin dormir. Siempre los saltos de pánico, las caídas. En la madrugada escucho aleteos. Es un alcatraz que intenta acomodarse en el mástil. Apenas clarea. Bajo a poner café y ordenar todo. Miro el panel de instrumentos. La mayoría ya no sirve. Desde la primera vez que abordé, siempre leo al bajar la placa sobre ellos que dice que el balandro fue hecho en 1942 en Holanda. Holanda, balandro, mil novecientos… digo en voz alta. Le oro a una reliquia de teca. Es casi un octogenario. Debe estar cansado. Los dos lo estamos. Pero falta esta inmersión. Voy a prepararme. Me tomo el café y subo con el equipo a cubierta. Hago las mismas asanas de la energía centrada en pulmones, corazón, todo eso que también está conectado dentro de mí. Del esqueleto emanan traquidos, ajustes de cartílagos y tendones agarrotados. Mi panza no deja de rugir. Para mí se volvió inútil comer. No logro hacer que el hambre se detenga.

Llevo una botella con todas las cartas metidas dentro, incluida la última en que me pedían contarle de su hija y que me hizo llorar tanto. Le amarro la última lata de pastel de erizo. Es un presente. Algo que debí poner en su tumba en vez de largarme como lo hice, usurpando sus cosas. Me lanzo al agua. El choque de temperatura, la inhalación encajada en cada resquicio de mi cavidad torácica y la convicción de llegar hasta los corales. Hay buena visibilidad. Me hundo. Llego al fondo. A unos quince grados de donde estoy, alcanzo a ver la pequeña boya. Nado hacia allí. No puedo creer lo que veo: ahí están el tanque, los lastres, la driza con que lo amarré y la boya suspendida apenas unos centímetros por encima del suelo. Están cubiertos de tejidos, de algas, quizás, y restos de neopreno. De su cuerpo ya no hay huellas. Eso lo supuse. Lo que no preví es que todo estuviera blanco. Se ha blanqueado el coral. Está muerto. Yo creí que lo dejaba en un jardín. Su propio edén. Y ya no están: no hay coral fuego ni rojo, no están las gorgonias de venus, el azul, ni tampoco el cerebro de la familia. No hay agujetas ni loros ni isabelitas ni morenas. No hay globos. No hay nada. Es una tumba blanca sin flores.

Dejo la ofrenda que llevé y vuelvo a la superficie. No paro de pensar en que los mató la elevación de la temperatura del agua, en que no sirvió de nada lo que hicimos juntos.

Las denuncias. Las advertencias. Lo que hice por mi cuenta suplantándolo. Me duelen las sienes. Respiro con dificultad. Siento el mareo de la hipoxia y me digo que no puedo perder el sentido. Reposo un momento bocarriba, en el agua. Contengo el llanto. Un calambre amenaza con apoderarse de mi pierna. Abordo el balandro sin nombre. No puedo creer que el arrecife no esté ahí. Lo que siento no tiene palabras. Me tiendo en la cubierta. Hago la lista del manglar, de los peces, del impacto del puerto en La Isla, de los trasmallos, las redes y de todo lo que ante mis ojos cambió. Ya ni siquiera puedo llorar. Desdén, fatiga. Obligo a mi cuerpo a levantarse.

Bajo de cubierta y estibo los libros, los tiestos. Recojo cualquier cosa que haya sido mía: la ropa, el chinchorro remendado incontables veces, los cuadernitos, las acuarelas y los retratos. Limpio el lugar de mis huellas. Tiendo el camarote. Todo se ve ordenado, como si fuera posible el orden. Como si el caos y la catástrofe no nos hubieran tocado nunca.

Arrojo por la borda mis cosas. Suelto en la cubierta los cocos que quedaron en el costal: cuando se caigan al mar, las corrientes podrán llevarlos a colonizar nuevos territorios. Si es que acaso quedan lugares para ellos. Bajo la bandera del mástil, la guardo. Aseguro el amantillo para que la vela esté templada. Dirijo la proa en dirección opuesta a la bahía, mar afuera. Enciendo el motor. Con el poco combustible que hay alcanzará para llevar el barco a altamar a una velocidad de cinco nudos. Allí alguna corriente lo arrastrará. Y lo abandono: me lanzo al agua con la careta, las aletas y nado libre. Nado sin mirar hacia el barco. Me pongo de espaldas y veo las nubes. Pataleo suave, apenas para mantenerme a flote.

Quiero agua, río, lluvia. No soporto más las superficies sólidas bajo mis pies.

Si el balandro llega a alguna playa, pensarán que su patrón sucumbió en una tormenta o que un descuido lo lanzó por la borda y no pudo volver a la nave. Ubicarán a su familia. Izarán una bandera a media asta por él en el instituto. Agradecerán sus valientes esfuerzos por venir a la tierra de nadie a contribuir con su preservación y dirán que gracias a él hay nuevas políticas públicas que lastimosamente no obraron a tiempo. Sus colegas se sentirán orgullosos. Los imagino mientras miro las nubes y los alcatraces. Cuando vuelan ladean un poco la cabeza para ver dónde vendrán a clavarse. Los pelícanos son oportunistas, las gaviotas, yo también lo he sido, claro. Mucho. Me giro otra vez y nado libre. El agua está llena de partículas que me rodean. Abajo, el azul ultramar. Siento vértigo ante el abismo. Entonces hago una voltereta, otra, me hundo y doy una vuelta hacia atrás, luego me impulso con la fuerza de mis piernas hacia la superficie y saco medio cuerpo fuera del agua, caigo de espaldas con los brazos abiertos. Ahí está la ribera, pero sigo nadando. Nado libre, porque nadie preguntará por mí.